Q 文庫

怎样写出一个好故事?

亮兄 / 著

图书在版编目（CIP）数据

怎样写出一个好故事？/亮兄著. -- 厦门：鹭江出版社, 2025.9. -- (Q文库). -- ISBN 978-7-5459-2592-0

I . I04

中国国家版本馆CIP数据核字第2025S1P863号

出版人	雷 戎
选题策划	轻读文库
责任编辑	李 杰
助理编辑	刘 爽
特约编辑	邵嘉瑜
装帧设计	马仕睿 @typo_d
美术编辑	林烨婧

关注轻读

ZENYANG XIECHU YIGE HAOGUSHI?

怎样写出一个好故事？

亮兄 著

出 版：	鹭江出版社		
发 行：	鹭江出版社		
	轻读文化传媒（北京）有限公司		
地 址：	厦门市湖明路22号	邮政编码：	361004
印 刷：	河北鹏润印刷有限公司		
地 址：	河北省沧州市肃宁县经济开发区宏业路北侧	联系电话：	0317-7587722
开 本：	730mm×940mm 1/32		
印 张：	5.625		
字 数：	99千字		
版 次：	2025年9月第1版 2025年9月第1次印刷		
书 号：	ISBN 978-7-5459-2592-0		
定 价：	30.00元		

客服咨询

本书若有质量问题，请与本公司图书销售中心联系调换
电话：(010) 52435752

未经许可，不得以任何方式
复制或抄袭本书部分或全部内容
版权所有，侵权必究

前言

关于如何写作的书有很多,虽然之前我并没有认真看过其中任何一本。

我也从来不认为我有资格教别人如何写作。我出版过几部小说,其中有百万字的长篇故事、十几万字的小说,也有几千字的短篇故事组成的合集,作品在网络上有上亿的阅读量和收听量。我在传统刊物上发表过一些故事,获过一些奖项,也卖出过一些故事的影视版权。但我认为自己离真正的好作者还有很远很远的距离。即使因为写作有过不错的收入,我也都将之归结于好运气。

因此,当我看到这本书的标题"怎样写出一个好故事?"的时候,不免心里犯怵。我真的有资格告诉别人怎样写出一个好故事吗?好故事就如这个世界上的花一样,品种繁多,各有各的美。到底是我写出来的那些故事本身就吸引人,还是我的写作能力让那些故事吸引人?

一直以来,我认为每个人都可以成为好故事的写作者或讲述者。我的那些故事被大家阅读和喜欢,很可能主要原因并不在我。

不然,为什么最早听到的奇妙故事大多来自那些生活中看起来平平无奇的老人呢?

我常常想起小时候的夏夜里,我们几个小孩围在一起，央求拿着蒲扇乘凉的老人讲故事的情形。我们会为讲故事的人倒茶、扇风，鞍前马后，几乎到了卑躬屈膝的地步。

我的母亲也常给我讲故事，尤其是在去外婆家的路上讲得最多。她讲了许多古代的故事、戏里的故事、听来的故事，为的是让我不觉得路途遥远，忘记双腿的疲惫。一旦她的故事停下来，我就会发觉自己早已走累了，而前面的山路还很漫长。我行走的速度就会慢下来，在长长的旅途上备受煎熬。

后来我问母亲，你怎么有那么多的故事？

母亲说，哪儿有那么多故事？我知道的故事很快就讲完了，后面只好胡编乱造。我一边讲一边拉着你的手，拼命往前赶路，恨不得马上走到你外婆家。

在长大的过程中，我听过各种各样的人讲各种各样的故事，其中很多故事精彩得不得了。我开始认认真真写故事后，那些曾经听过的故事有很多成了绝妙的素材。

而那些讲故事的人大多自己不会去写。

我常想，要是他们自己把那些故事都写下来，他们也许会成为一个个优秀的写作者。

但大部分人没有这么做。

就像很多会做菜的人没有做厨师，会养花的人没有开花店，会表演的人没有做演员，会踢球的人没有机会上场，倒给了很多不太会但是恰巧从事了这一行的人机会。

我就是其中之一。

此书的编辑邀请我写这样一本书后，我查阅了许多教人写作的书，才发现这类书已经非常非常多了。

那么多知名作家和专业人士已经写了那么多关于写作的技巧与方法的书，我还有写这本书的必要吗？诗仙李白初登黄鹤楼都不敢作诗，"眼前有景道不得，崔颢题诗在上头"，因为崔颢的《黄鹤楼》写得太好了。何况我只是一个刚入门的写故事的人。

但是，看了那些教人写作的书之后，我反而有了方向。

那些书绝大部分是教有一定基础的创作者如何写作的，或者说，是针对有志于文学创作的人作为指导书使用的。

再看看这个书名"怎样写出一个好故事？"，我认为这是教想写故事但还没有写过，或者写了并不满意的初学者，甚至是还没有开始写作的人如何创作一个故事的书。

如果你没有写过故事，但是你有这样一个想法，不管是出于喜欢，是想要记录，还是想要获得一些稿酬。当你不知道如何开始，如何下手，那么，这本书或许可以给你提供一点建议、一点引导、一点想法。

其实我也是这样走上写故事的道路的。

以我自己这些年的经验，给大家分享一些写故事的方法，这未尝不是一件好事。

据说，诗仙李白五十多岁再登黄鹤楼，写下了这首诗。

> 一为迁客去长沙，
> 西望长安不见家。
> 黄鹤楼中吹玉笛，
> 江城五月落梅花。

即使写不出最好的诗、最好的文字、最好的故事，也未必不能写诗、不能写字、不能讲故事。

如果想写，你就应该去写。

不要犹豫，更没必要害怕。

目录

第 1 章 寻找故事   1
故事到底是什么?   4
在日常生活中发现故事素材   7
这个故事值不值得写   15
为什么选择这个故事?   20
养成随时记录的习惯   28

第 2 章 整理故事   29
弄清故事的类别   31
参考已有的同类故事   32
先做加法再做减法   34
先做减法再做加法   38

第 3 章 丰富故事   41
感官的丰富   43
比喻的丰富   45
人物的丰富   47
    外貌   48

语言	49
对白	51
动作	71
处世的方式	72
人性	72
不必要的丰富	78
应该详细描写的部分	79
不应该详细描写的部分	84

第 4 章 完成故事 — **87**

什么都不需要，只需要开始	89
中间不要犹豫，只需要继续	90
结尾不要纠结，只需要完成	92
怎样修改故事	95
其他相关问题	102

第 5 章 传播故事 — **133**

刊物	135
实体出版	136
新媒体账号	138
网站或者 App	141

第 6 章 精进故事 — **145**

保持阅读	147

关注社会	152
关注身边的人	153
找到组织	155
坚持锻炼	155
后记	**159**
相关书目	**163**

第1章

——

寻找故事

如果我们要写出一个好故事，首先要有一个故事原型，或者说，要有一个故事的"种子"。这个"种子"也可以叫灵感。

什么是灵感？

字典中灵感的释义是：创作、思考等活动中突发的灵光、启示。

灵感，就是让你的精神灵魂有感触、有感受的东西。

或者，让你的眼眶湿润，让你的耳朵轰鸣，让你的鼻子发酸，让你的嘴唇颤抖，让你的身体兴奋，让你的意识一片空白。只要其中任何一种感官有任何一种感觉，都可以成为故事的灵感。

记得在小学的语文课堂上，老师讲过一句令人印象深刻的话，或许大多数人都耳熟能详，这句话叫"艺术源于生活，而高于生活"。

我同意前半句。

我们创造的一切艺术，如写作、绘画、音乐等，都是从生活中汲取灵感的。

但是不要以为艺术就高于生活了，在我的个人经验里，生活常常超乎你的想象，比艺术还要艺术。

不过这并不影响我们从生活中寻找灵感。有的故事平铺直叙地写出来，就已经具备了超乎寻常的想象力。

源于生活，换句话说，就是一切艺术的"种子"

都是从生活中寻找到的。写故事是艺术创作的一种，自然也需要到生活里去寻找。

寻找这样的种子，就像去森林里寻找一种蘑菇，去人群里寻找一个人。

你要知道蘑菇是什么形状和颜色的，要知道这个人是什么样子的。

如果有一张对应的照片就好了。

可是故事没有照片。

故事有千千万万种，就像人群中的人一样，高矮胖瘦，千人千面。

写故事的人也有千千万万种。

如果你认真关注过一些作家，你会发现，他们是某一类故事的写作高手。有的擅长写武侠，有的擅长写悲情，有的擅长写悬疑，有的擅长写科幻。很少人能跨越自己擅长的类型去写其他类型的故事。

那么，什么样的故事是你可以写的？

你要寻找的故事，又是什么样的？

故事到底是什么？

要寻找合适的故事来写，首先要弄清楚故事到底是什么。

用一句话来概括：<u>故事，是生活的比喻。</u>

这是《故事》的作者罗伯特·麦基说的。

我觉得，一个好的故事是生活的隐喻。

隐喻需要思考。值得思考的故事，或许可以称为更好的故事，但也不一定，因为有的故事越简单越好。

在接下来的内容里，你会看到很多矛盾的定义和说法。

好故事的写法和定义，对每个人来说都不一样。

不论故事的开始和结尾是什么样的，芸芸众生千变万化的真实生活里必定有一种与之呼应。

故事也可以说是生活的一个切片。

毕竟生活有太多的不同，没有任何一个故事可以写尽生活，包罗万象，故事只能像一张照片一样记录下其中的片段或者片刻。

就像拍一张好的照片，要选好的景、好的角度一样，一个好的故事在创作过程中，也需要经过一些思考。

经过思考选择之后创作出来的故事，就如生活被压缩、被筛选、被工笔描摹或者速写，从具体的生活变成了生活的比喻。

好的比喻，总是让人感叹惊讶。

好的故事，也是这样。

如果你在生活中听说了，或者见到了一件让你忍不住感叹，或者惊讶的事情——简言之，只要是让你有所触动的事情，那么，故事的素材就来了。

如果随后的日子里，你偶尔会想起这件事，那么恭喜你，这是一个非常好的素材。

因为，这件事如果能让你念念不忘，那么，与你类似的人——姑且叫这个故事的同类受众群体——在看到你的故事后，极有可能也会念念不忘。

一个让人念念不忘的故事，就是一个非常好的故事。

你可以尝试把它写下来，它很可能本身就是一个好故事。

<u>一个好故事，必定是能带动情绪的故事。</u>

<u>或者说，一个好故事，必定是能让你的感官有所感触的故事。</u>

如果不能触动你的情绪，至少在你这里，它不算一个好的故事素材，它很难通过你的写作加工成为一个好故事。

以教科书上的方式来说，故事有几个重要元素。

第一，人物。who？

第二，时间。when？

第三，地点。where？

第四，事件。what？

第四点又分为三个部分：起因、经过、结果。

但是，一个好的故事很可能并不具备这些完整的元素。或者说，这些元素可以非常模糊。比如，很多故事的开头是——很久很久以前……

或者说——具体的时间我已经忘记了。

人物、地点都可以不具备，或者很模糊。

这所有的一切，都不是最重要的。

作为一个好故事，最重要的是，它激发了你的情绪！让你有所感受，或者有所想象，那它就可以作为你的故事种子，作为一个灵感，成为你写出一个好故事的基础。

在日常生活中发现故事素材

日常生活中发生的事情太多太多了，每一天、每一刻都有无数的事件正在同时发生。

如果你想写出一个好故事，就要从千千万万件发生的事情中做出适当的选择。

而故事的来源无非两个途径，一个是亲身经历的，一个是道听途说的。

1.亲身经历的事件

除了你自己的故事之外，你的家人、朋友、同学、同事、邻居身上发生的一些事情，或许可以成为你的故事素材。

这样的故事，大多数情况下可以以"我"为主人公，讲述"我"的故事，或者是"我看到""我听到"

你看

的故事。

你身在故事中,是故事的讲述者、见证者。

这样写故事有一个天然的优点——你能直接写出你的感受。你看到的、听到的、感受到的,都可以用最直接的方式表达出来,不需要虚构。

你最直接的感受,可以直接传递给看故事的人。你的情绪可以感染他们。

《暮色将尽》是英国传奇女编辑戴安娜·阿西尔晚年所写的回忆录。她在书中坦率地写下了自己的懦弱、担忧甚至不合常理的想法,这种坦率也是打动读者的一个很重要的因素。

《阿勒泰的角落》讲述了作者李娟在阿勒泰的经历。原本遥遥千里外的人物和景色,在作者的笔下鲜活起来,让读者感觉置身其中,跟着作者一起感受原本一生也不会接触到的事情。

《阅微草堂笔记》与同类的志异小说《聊斋志异》的区别就在于此。《阅微草堂笔记》里作者常常参与其中,营造出"我身边发生的事情""我身边的人发生的事情"以及"我听说谁发生了这样的事情"这样的氛围。有些故事你明知道不可能是真实发生的,但读起来仍有一种真实感。

让人感觉到真实,这就是一个有魔力的故事。

而你自己身边发生的事情,本来就是真实的,这天然增加了故事的魔力值。因此,新人作者从"我"的角度写一个让自己的情绪有触动的故事,是写一个好故事的捷径。

据说,蒲松龄在写《聊斋志异》时,为了搜集素材,在家门口设了一个茶馆,来往的路人只要给他讲一个听说的或者经历的新鲜故事,就可以用故事代替茶钱。通过这种方法,蒲松龄才写出了那么多精彩离奇的故事。

后来也有人说,蒲松龄家里没有那么富裕,应该开不起一家免费的茶馆。但是这个关于如何搜集素材的故事之所以广为流传并且让很多人相信,说明大家都认可精彩的故事来源于生活,认可生活中有许多让人印象深刻的故事素材。

他搜集故事素材的行为,也成了一个流传开来的故事。

英国作家乔治·奥威尔曾经在缅甸的一个小村庄生活,观察村民的生活方式。

杰克·伦敦曾经在阿拉斯加淘金,这让他更深入了解到生存的艰辛和人性的复杂。

海明威在第一次世界大战期间担任救护车司机,在意大利前线目睹了战争的残酷。米兰附近一座弹药库爆炸,临时停尸场中的女尸多于男尸,令海明威极为震惊。他早期的小说《永别了,武器》的创作灵感正是来源于此。海明威把自己当作小说中的主人公,进行了本色创作。这部小说被美国现代图书馆列入"20世纪100部最佳英文小说"。

诸如此类的作家在生活中搜集故事素材的例子,实在太多太多。

但是以上这些,并不适合大部分人。

想写故事的绝大部分人,没有时间、精力、资金去开一个搜集故事素材的茶馆,去遥远的小村庄生活,去淘金、挖矿或者去送外卖,更不会去战争前线——虽然有人这么做过。

绝大部分人,尤其是目前不依靠写作谋生的人,并不能放下眼前所有的事情,为了写作去从事一个跟目前生活毫不相关的行业。

举这些例子,是为了说明一件非常简单的事情——我们必须从生活中搜集故事的素材。

如果你还是不知道怎样开头,那就先写下这几个字——我听说了这样一件事情……

如果你想让故事更加吸引人,可以这样写——

我听说了这样一件奇怪的事情……

我听说了这样一件不可思议的事情……

我听说了这样一件你无论如何也猜不到结局的事情……

我听说了一件不说出来会非常难受的事情……

然后将你想要说的话,顺着这个开头往下写。

<u>如果此时你觉得你确实有一件事情不吐不快,现在就可以放下书,开始写吧!</u>

<u>写完了再接着看也不迟!</u>

2.道听途说的事件

如果你没有用第一人称可以写的故事,或者出于其他原因,不能用第一人称来写故事,那么,你可以从道听途说的事件开始。

这些事情不是在你身上发生的,也不是在你身边人身上发生的,而是通过中间人的讲述和传播,最终让你听到的。

你听

小到鸡毛蒜皮,大到骇人听闻,都可能成为你可以写的故事素材。

哪怕是平平无奇的事情,也可能会成为很好的故事素材。

唯一的评判标准依然是能否触动你的情绪。

不要以听到的事情事关重大还是无足轻重来衡量它值不值得写。

这类故事,因为你没有直接参与其中,如果以"我"的角度来写,对刚开始写故事的人来说或许有一定的难度。当然了，如果你第一次就能转换到自己的视角来写，并且没有任何障碍，那么，你很可能天生就是一个写故事的高手！

对大部分新手来说，不要任何加工和修饰才是起步的最好方式。

事情是什么样子，就用白描展示事情的原本模样。

这类故事最典型的代表，就是神话故事。

大禹治水、精卫填海、女娲补天、嫦娥奔月、夸父逐日等，都不可能是在你身上或者你身边人身上发生的事情。你唯一的途径，便是通过别人的讲述来了解这些故事。

其次是历史故事。

围魏救赵、破釜沉舟、司马光砸缸、萧何月下追韩信等，都是历史故事。

你可以想一想，为什么这些故事会流传下来？

以前肯定还有其他的神话故事或者历史故事，那些故事为什么没有流传下来？

后面我们会讲到哪些故事值得写的问题。

将道听途说的事写出来，不管文笔是不是好、构思是不是完整，甚至不要管有没有错别字、语病。这些全都不要管。

写故事的第一条是，你要开始写。

什么都不要管，先写出来！

就算写得再烂，也要先写出来！

如果你还是没有办法开始，建议你想象对面坐了一个人，你像平时说话那样，将这个故事讲给或者转述给对面的人听。

你甚至可以先录下语音，然后将语音转换成文字。现在语音转换文字的工具特别多，而且非常方便。

不要顾及其他。这一点也非常重要。

写作中所有的技巧，其实都是为更好的表达服务的。如果一个故事足够好，那么它最不需要的就是写作的技巧。

写作技巧是为了补偿那些不够好的地方。

所以，只有你的故事写出来之后，才要考虑是不是需要技巧来补偿。而不是故事尚未开始，技巧就要入场。

<u>现在的你根本不需要考虑写作的技巧。</u>

就像此刻，我写下这段话的时候，就想象着你坐在我的面前，听我说这些。

当能够以这种最直接的方式讲出或者写出故事的时候，你已经成功一半啦！

总的来说,你要发现故事的"种子",就要留意身边的事情,以及听说的那些事情。

用你的眼睛去看,用你的耳朵去听,它们是收集故事的"接收器"。

接收到的故事,会通过你的情绪去"过滤"。

如果这个故事让你笑了或者哭了,不管是高兴、悲伤,或是其他任何感受——哪怕这种感受是轻微的,只要是让你的情绪有了一点点波动,那么,这个故事很可能就是值得收集的好素材。

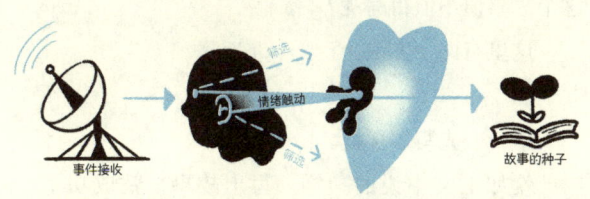

故事的"种子"(灵感)

这样的故事,就是你要寻找的"种子"。

这个故事值不值得写

无论写故事的是新手还是高手,都会遇到一个问题——当时令人激动不已的灵感,过一阵子再看,激情竟然荡然无存,觉得不过如此,甚至有"这也太普通了吧"的感叹。

作为写故事的新手,最好是在有这种感叹之前就把故事写出来。

是的。无论怎样,最好的选择依然是先完成。对新手来说尤其如此。

既然曾经会对故事的"种子"判断错误,那么此时你的消极想法也可能是当下的错误判断。

说不定再过一阵子,你又会觉得这个故事还不错呢!

话说回来,到底如何判断这个故事的优劣,判断这个故事值不值得写呢?

这里有两个方法。

第一,先写了再说。

就如上文中说的一样,写出故事,就成功了一半!有的故事可能只要写出来就成功了。谁知道呢?

就如很多作家的代表作被大众认可喜欢,但作家本人最喜欢的可能不是那个代表作一样。

比如,作家阿城说到自己的作品时表示:"我拉过的屎,就不看了。"

又如,肖邦的《幻想即兴曲》,是肖邦24岁那年创作的,据说肖邦本人坚持认为该作品和同时期的作曲家莫舍列斯的某首作品有雷同之处,因而拒绝出版。这首作品在他去世之后才得以问世,成为遗作。然而,它成了肖邦最广为流传和受欢迎的作品之一。

卡夫卡对自己的大部分作品不怎么满意，以至于死前嘱咐好友烧掉他的作品。还好他的好友非常认可他，觉得卡夫卡是个文学天才，为他的作品四处奔走，最后得以出版。

柯南·道尔凭借福尔摩斯系列成了妇孺皆知的名作家，他却认为这种小说非常低级，他想写自己更喜欢、觉得更高级的历史小说。所以他总想在故事里"杀死"夏洛克，以结束这个系列。

著名武侠小说大师金庸对自己的作品不满意，晚年对自己的多部作品进行了修改，合并或者删除了部分情节和人物，修改了一些人物的结局，调整了特定情节和人物关系。诚然，这体现了金庸更严密的逻辑和更深刻的思考，可是很多读者并不接受这样的改变。

故事的好与不好，很难用一个标准来判断，甚至作者自己也会失之偏颇。

既然这样，对写故事的新手来说，不如先写了再说！

甚至不要判断，写才是硬道理！

第二，过几天再说。

如果你不是立即上手、马上执行的性格，可以过几天再回头看看故事的"种子"。

如果你觉得还是有写的欲望，那就写吧！

一个故事的"种子"在几天之后还没有让你厌烦，这是非常难得的事情。

如果几天后，你回头再看这个经过了情绪筛选的事件，心中毫无波澜，当初的情绪也不再出现，甚至觉得愚蠢。那么，你可以稍微等一等，等新的"种子"，也等一等这个"种子"，看它能不能让你重拾信心。

即使等来了新的"种子"，你也不要抛弃这个旧的"种子"。

说不定过几天或者几个月，甚至更久之后，你再次看到这个"种子"，又会有新的感受呢。

总之，不要轻易抛弃曾经带给你情绪波动的任何事件。

即使现在你的情绪不为所动，但是，它曾经触动过你的情绪。

它能在某一时刻触动你，就能在其他时刻触动其他人。

说到这里，好像还没有提到怎么判断故事素材的优劣。

这里我们做一个简单的结论：<u>故事素材没有优劣之分</u>。

只要是触动过你的事件，都是好的故事的"种子"。

如果要做优劣分别，那就是——有新的事件让你更受触动,情绪更为浓烈,那代表新的事件是更优秀的"种子",你可以选择新的"种子"作为你要写的故事。如果没有更触动你的事件作为"种子",那么,这个"种子"依然是你开始写故事的最佳选择。

如果没有让你触动情绪的事件,那么,一件平平淡淡的事情也可以作为你写故事的开端。

总之,写就是了!

没有经过思考和选择就开始写作的人,成功的例子也不胜枚举。

很多作者是无意之间开始写作并且获得成功的。

但是所有成功的作者都有一个共同的特点——

他们开始写了。

无论是打开了电脑,还是拿起了笔,又或者是直接用手机打字,甚至是语音转换文字,只要开始了,好故事就开始萌芽、生长……

有的人看到这里,就不需要往后看了。

因为很多人本身就有写故事的天赋,只是没有表现出来而已,就如骨骼清奇的武术奇才,一旦开始练武就会突飞猛进;就如天赋异禀的数学天才,无论早晚,只要有机会接触数学,就会表现出惊人的推演能力;就如美剧《后翼弃兵》里的女主人公贝丝·哈蒙,在孤儿院遇见校工萨贝后,就立即展现了惊人的国际象棋天赋。

如果你在后续写故事的过程中遇到了困难，那么，你可以找到这一页，继续往下看。

就算你在写作过程中遇到了困难，也不能说明你不会写故事，这绝非安慰人的空话。

天才型的作家也有遇到"瓶颈"的时候。即便写得再好的小说，也常常在中途几乎写不下去。

如果你经过了收集和筛选，并且开始尝试写出来，但是写了一部分又卡住了。那么，你需要再思考一些其他的东西。

为什么选择这个故事？

这个时候，你需要再思考一下，你为什么选择这个故事？

或许你会说，我不是按照前面的方法，进行了收集和筛选吗？我不是选择了触动情绪的事件吗？

是的，你做了正确的选择。

正如你和别人交往一样，你选择了当时觉得正确的人作为交往对象。但难免还是会遇到问题。

这个时候，不妨再想一想，想得深入一点点，除了触动你的情绪之外，这个故事是本身值得记录，还是故事背后的意义值得思考？

如果你看到了这里，再次选择故事的"种子"之前，就可以想这个问题了。

之所以没有在开始提出这个问题，是因为很多时候我们凭借一时冲动或者一腔热血，凭着直觉和感性就把写故事这个过程完成了，并且完成得很不错。

如果一开始想太多，瞻前顾后，很可能会抹杀直觉和感性带来的动力和好处。

当直觉和感性无法支撑你完成创作的时候，就需要寻找其他的支点来支撑你继续前进。

支点无非两个。

1.这是一个值得记录的故事。

2.这是一个值得思考的故事。

随之而来的问题是：

1.什么样的故事值得记录？

依照我个人的见解，值得记录的故事一般是具有特殊人物、特殊时间、特殊地点、特殊事件其中一个或者多个元素的事件。

比如，荷兰作家杜布拉夫卡·乌格雷西奇的作品《狐狸》，以一个她听说的故事作为开篇。

这个故事讲述了"二战"时期，俄国姑娘索菲亚和日本军官田垣在符拉迪沃斯托克相遇的过程。

乍一看，这没有什么特别的。但是，如果你知道符拉迪沃斯托克也叫海参崴，你就知道这个事件为什么值得记录了。

这个故事几乎具备了所有的特殊元素。

特殊的时期，两个特殊的人物在特殊的地点，引发了一件特殊的事件。这个事件到底有什么特殊？不要着急，后面会让你惊讶的。

在那个时期，符拉迪沃斯托克居住着俄、日、英等各个国家的人。

这个俄国姑娘索菲亚本来是想毕业后当教师的，她和日本军官田垣租住在同一栋楼里。

田垣喜欢上了索菲亚，并按照索菲亚喜欢的浪漫方式求婚，索菲亚答应了。

没过多久，日俄成了敌对方，大批俄国人涌入这座城市，要夺回这座城市的控制权。

作为日本军官的田垣不能在这里待下去了，他受命调回日本。

临别之际，田垣给了索菲亚一些钱，并写了张字条，留下一个地址，希望索菲亚在合适的时候去日本找他。

不久之后，索菲亚按照字条上的地址去了日本。

好一位勇敢的姑娘！

由于当时两国之间的敌对关系，索菲亚被日本的边防警察扣住了。

经过严密的询问，边防警察知道了索菲亚来日本的目的，他们找到了还在服役的田垣，警告田垣，并命令他和索菲亚断绝关系，让索菲亚回到符拉迪沃斯托克。

可是田垣不但没有听从命令,还与索菲亚见了面,并想办法把索菲亚送上了开往大阪的火车。田垣告诉她,他的哥哥会在那里接她,带她到他的村子里去。

当时日本的军法条令禁止军官和外国人来往。

面对田垣的决定,索菲亚非常感动。

很快,田垣被开除了,并处以两年流放。

好在流放的地方就在他的村子里。

在流放的日子里,田垣白天把自己关在书房,谁也不知道他在做什么。晚上他就和索菲亚在一起。

流放期一结束,就有很多记者涌进这个偏僻安静的村子,争先恐后地采访田垣。

原来田垣白天是在书房里写作,并发表了一部小说。

这部小说大受欢迎,只是由于田垣当时还在流放期,不能与媒体接触。

索菲亚惊讶不已,可是她不懂日语,她问田垣那部小说的内容,田垣却保持缄默。

后来,有一个会俄语的记者来到这里,告诉索菲亚,那部小说描述了田垣和索菲亚在一起的每个瞬间。

记者把她带到镜子前,她看到了书中那个活灵活现的自己。

记者说,那本书里描写了她如何在激情中战

栗，她的腹部如何颤动。她的一切私密都在书中展露无遗。

索菲亚惊讶得说不出话来。

后来，索菲亚给领事馆写了遣返请求，她离开大阪，回到俄国。

故事到这里就结束了。

作者为什么对这个故事记忆如此深刻，要将这个听来的故事放在开篇呢？

因为这个故事实在是太特殊了。

在特殊的时间，具有特殊身份的人物，在特殊的地点，发生了一件特殊的事情。

这样的故事毕竟是少数。

绝大部分故事，只要有那么一点点特殊的地方，就值得记录。

《万历十五年》《霍乱时期的爱情》是时间特殊。

《苏轼传》《杜甫传》这类名人传记不用说，自然是记录了特殊的人物。

《我的阿勒泰》《额尔古纳河右岸》《边城》等从书名上就展现了特殊的地点。

《许三观卖血记》《三毛从军记》等记录了特殊的事件。

不过，总的来说，无论是什么样的因素，归根结底都是特殊的事件。

之所以特殊，是因为这个事件在别的时间、别的地点、别的人物那里可能难以出现，因而这个事件具有特殊性。

特殊性就如白纸上的一个黑点，安静中的一记声响，平面上的一个凸起一样引人关注。

从这样的故事入手，更容易让人忍不住读下去。

当然了，平平淡淡的事情也可以写得非常好，也有值得记录的地方。毕竟写作的方法跟每个人的活法一样多且不冲突。如果你偏好写那样的故事，也要写出不一样的感受，其实依然是在普通中寻找不普通的感受。

2.什么样的故事值得思考？

好的故事大多会带给人思考。

如果一个故事不具备上面提到的任何一个特殊性，倘若它能带给你一定的思考，那也是一个好故事。

有个画插画的朋友跟我说，她以前经常梦见她的妈妈，妈妈在梦里说要去什么地方，过一段时间再来看你。好像要出远门一样。

她的妈妈其实早已过世。

但在梦里妈妈说的地名是真实存在的。

过了一段时间后，她又梦见她的妈妈说要去别的地方，这段时间好好照顾自己。

说的也是真实存在的地名。

她觉得很惊讶。

后来有一次，在梦里妈妈跟她说，我要去某某地方一个比较好的人家，以后不能来看你了。

从那之后，朋友再也没有梦到过她的妈妈。

这样的故事，很容易触动人。这是符合前面说的"触动情绪"的事件。

同时，也会让人忍不住思考，这些梦到底是怎么回事？

当然了，这算不上什么深刻的或者非常有意义的思考。

<u>不要刻意去追求思考的意义，也不要去追求有意义的思考。</u>

能带给你一些想法、猜测，就是思考了。

我曾经听另一个朋友说起过一个故事。

有个人去盗墓，据说那个墓的主人身份不一般。他以为墓里有陪葬的金银财宝，结果打开墓一看，里面没有钱财，甚至没有尸首，只有一只白鹤在墓打开的瞬间飞了出来，飞向云霄去了。

故事就是这么简单，且莫名其妙。

墓的主人到底去了哪里？墓里怎么会有白鹤？鹤跟墓的主人有什么关系？

都不知道。

但这不失为一个很好的故事。

不是每一个值得思考的故事都有答案。
没有解释，也是一种答案。

比如《酉阳杂俎》里有这样的描写：

> 昆吾陆盐周十余里，无水，自生天盐。月满则如积雪，味甘。月亏则如薄霜，味苦。月尽则全尽。
>
> （昆吾山一带有方圆十几里的陆盐盐田，此盐非出自水，乃是天生。每值满月，盐层厚积如雪，味甜；月亏时，盐层薄如霜，味苦；朔日无月，则盐层消失。）

一个产盐的盐田，居然在月光最亮的时候出现厚积如雪的盐层，且有甜味；在月光淡薄的时候，盐层薄如霜，且味道苦涩；在没有月光的时候，盐层竟然会消失？难道盐田里的盐是月光变的吗？
书里没有解释，只有这样的描述。
任你去遐想。

只要是能让你去思考，或者仅仅是让你有"怎么会这样？"或"啊？"这样反应的故事就值得写下来，值得记录下来。
你遇到过这样的故事吗？

只要留心去听、去收集，一定会遇到这样的故事。
如果听到过，那还犹豫什么？赶紧开始写吧！

养成随时记录的习惯

要有意识地养成随时记录的习惯。

书到用时方恨少，故事素材也一样。

一旦听到有意思的事情，或者脑子里闪现出新的点子，或者忽然想到更好的写法，立刻、马上！毫不犹豫地记录下来！

如果你习惯用笔和纸记录，一定要随身带着记事本和笔。

不过，最方便的方式是直接用手机的备忘录。

此时不立即记下来，后面很可能就想不起来了。

不过，当时记录下来了，后面也未必用得上，或者过一段时间，又觉得没那么好。这都没有关系。

这些记录可以成为你的故事"种子"库，以后还有用得着的地方。

如果要成为一个能持续写出好故事的作者，就要有一个能持续提供素材和灵感的"种子"库。

如果你养成了随时记录的习惯，或许在写手头这个故事的时候，就已经想好了下一个故事要写什么。

第2章

——

整理故事

很多人寻找到了故事的"种子",也产生了开始写的想法,甚至已经在电脑或者笔记本上记录下了一些内容,但此时往往容易出现新的问题——半途而废。

我身边有很多人想要写些什么,有的想要通过写作建立公众号、小红书账号,或者其他新媒体账号,有的想要写小说、剧本,甚至是给传统文学杂志投稿的文章,有的纯粹是喜欢。他们中许多人在写了一些内容之后找到我,说自己进行不下去了,已经写的那些舍不得浪费,后面的内容又没有信心,问我该怎么办。

我一般会说:"继续写,写完再说。"

在我看来,这是最好的选择。

但是每个人的性格不同。有的人特别自律,执行力强;有的人没那么自律,需要更多信心才能继续下去。就算你对着他的耳朵大喊:"继续往前!什么都不要想!坚持就是胜利!"有的人仍然无法坚定信心写下去。

对这一部分,或者说是一大部分的人来说,他们首先需要整理故事,重建信心。

怎样整理故事呢?

弄清故事的类别

和走路一样,如果发现前面出现了岔路,或者无法通行，那么回头看一看来时的路吧。

故事五花八门，千奇百怪，就如这个世界上各种各样的果子。

果子再多，也有名字，被科学家们分门别类，用界、门、纲、目、科、属、种来区分它们。

故事也是这样。

故事分为虚构和非虚构两种。

顾名思义，虚构就是不真实的故事，是你想象出来的，是"假"的。

非虚构，就是没有经过人为加工，是实实在在发生或存在的故事，是"真"的。

不过很多故事在真真假假之间流动，我们姑且称这类故事为"半虚构"吧。

按照题材的不同，故事又分为悬疑、言情、推理、科幻、奇幻、历史等。

还有按照字数、叙事方式、文学流派、写作手法等分类的方式。

按照你自己喜欢的分类方式，回顾一下你写过的内容，将你要写的故事做个分类。

参考已有的同类故事

知道你的故事大概属于哪种类别后，去看一看同类别的书，看看里面的故事。这样你可以参考别人的写法，最好是你也喜欢或者擅长的写法，然后想一想，你目前这个进行不下去的故事有没有可以从中借鉴的地方。

虽然说，最好的写作者有属于自己的风格，但是在前期遇到问题时，可以用这种方法来解决问题。

在完全没有头绪的时候，模仿是最简单有效的途径。

能够畅通无阻地写出故事之后，风格才是你需要考虑的事情。

关于写作，余华老师说过这样一段话：树木在成长的时候，是需要阳光的照耀，但最重要的一点是，

树木只能以树木的方式成长

树木在阳光的照耀下成长的时候,是以树木的方式在成长,不是以阳光的方式在成长。任何影响只会让一个人变得越来越像他自己,而不会像别人。

我的理解是,一方面,写作的过程中需要"阳光"的照耀,也就是说,你可以去模仿、去接近、去成为,这是每个初学者无可避免的道路;另一方面,你不用担心自己成为模仿的对象,因为即使你按照模仿对象的方式去完成一个故事,最后故事还是会有你自己的风格。这是自然而然的事情。哪怕你刻意模仿——这里说的不是抄袭,而是写作方法上的学习——也很难完全成为那样的作者,写出那样的故事。

所以,不要担心,去模仿吧!

找一个跟你想写的故事是同一个类别的榜样,最好是公认最经典的,也最好是你自己喜欢的,然后去模仿、去接近、去成为!

或许,看过那些同类别的故事后,并不需要去模仿,你就有了新的心得、新的想法。只要给了你继续写下去的灵感,就赶紧去写吧!

模仿是最简单有效的途径,但不是唯一的选择。

只要给了你继续往下写的信心,就赶紧去写!

先做加法再做减法

或许你知道想写的故事类型,也读过一些同类的故事,知道别的作者大概是怎么写的,可是依然没有办法顺利写下去。

那么,很可能是你想写的内容、想表达的点太多了。什么都想写,什么都想表达,最后什么都没写好,该表达的都没有表达出来,或者表达了,但离想象的表述差得太远,导致后续无法推进。

如果是这种情况,可以先做加法,再做减法。

先做加法的意思是,你把你想写的内容要点全部写下来,想表达的那些点也写下来。有多少写多少,列成一张表。

以前面提到的《狐狸》中的故事为例:

	要写的点	想表达的点
1	索菲亚的单纯	男人是不可信的
2	田垣的反转	人性的多面
3	时代的复杂	时局给人的影响

这个故事里可以写的东西非常多,足够丰富。但如果你是第一次尝试写故事,或者以前尝试过很多次,中途出于各种原因放弃了,那么,此时最好的方法是从最简单的故事开始。

你要在列表里做减法,将那些让你觉得照顾不到的内容一一划掉。

如果划掉其他的内容后，只留下了一条"索菲亚的单纯"，那么你可以从索菲亚开始写，就以索菲亚的角度写。

写她在符拉迪沃斯托克遇见了一个心仪的男人，为了追寻他，她冒着风险去了日本，在日本被边防警察扣押。然后写她见到了那个男人，去了男人的村子并和他一起生活。男人成名后，她并不知道他为什么那么受欢迎。直到一个会俄语的记者来采访，告诉她真相。她震惊，最后决定离开。

如果你是女性作者，这样叙述故事的方式也许更适合你。

固然有些写故事的高手，可以以非自身性别的视角来写作，但是在新手期，建议以更容易的方式开始。

当然了，如果你喜欢剑走偏锋，可以忽略这些建议。

我们回到这个故事上来。

如果划掉其他的内容后，只留下了一条"田垣的反转"，那么，你可以从田垣开始写，以田垣的角度写。

写田垣在租住的楼里遇见了一个名叫索菲亚的姑娘，为了获得姑娘的芳心，他按照当地人的浪漫方式追求她。可惜时局变化，他不得不离开这个地方，回到自己的国家。

可是某一天，他竟然又得到了索菲亚的消息！边防警察告诉他，一个名叫索菲亚的姑娘来到了日本，他们严厉地告诫他，身为军官，应该杜绝和敌国相关人员来往，不然会受到军法处置！

他没有听从边防警察和上级的劝诫，将索菲亚接了回来。

他在被开除后回到了村子里，时时被监视，不能和村子以外的人接触。

白天，他藏身在书房里，晚上和索菲亚住在一起。

在这两年的时间里，他写了一部小说，声名大噪。只是他还在流放期间，不能和村子以外的人接触。

两年流放期一到，记者蜂拥而入。住在村子的人都知道他出名了。

索菲亚非常好奇，可是她不懂日语，常常问他的小说为什么如此受欢迎。他却避而不谈。

后来，有个会俄语的记者来到村子里，告诉索菲亚，那部小说写的是田垣和她生活的所有细节，她的一切都展现在所有读者面前，没有任何秘密可言。

会俄语的记者走后，田垣发现索菲亚对他的态度改变了。

很快，索菲亚给领事馆写了遣送回国的申请，离开了他，离开了这个地方。

除了这样写之外，还可以用第三人称来写，以记录一个听说的故事的方式来写。

除了人物视角的变换,里面很多要表达的点也可以变换。

比如从索菲亚的角度,阐述"男人是不可信的"这个感受即可。或者更深入一点,从索菲亚感受到男人的真诚到感觉自己被羞辱,其间的变化是人性的变化造成的,从而引入"人性的多面"的思考。再思考得深入一些,为什么会有这样的变化呢?是什么造成的?或许是时局带来的影响吧?当然很有可能还有其他影响。没关系,我们想到哪里就思考到哪里。如果想体现这些思考或者意义,可以在写故事的过程中加进去。比如,田垣此前生活相对轻松,所以能做出浪漫的事。田垣被开除后,生活上发生了一定的变化,或是其隐藏的人格开始显露,导致了后续的事。

讲到这里,你或许有疑问——不是做减法吗?为什么又添加这么多新的东西?

是的。我们马上要说到这一点。

先做减法再做加法

如果单独的一个点表达出来后,故事完成了,自己回头看的时候已经非常满意了,认为已经达到了预期,那就可以画上句号了。

如果写完后,自己回头看了一遍,觉得还有很多内容没有表达，又或者，你想要写得更深入，想要在故事之外体现一些你的思考，那么，你可以在做完减法之后，再做加法。

这并不是无意义的返工。

通过做减法，可以把混乱的思维捋清楚，如同从杂乱的毛线球里找出一根线头。

通过做加法，可以把简单的思维变丰富，如同让一棵稚嫩的小苗长出枝叶，开出花。

通过这种加减法的方式写作，可以让你的故事脉络更加清晰，思考的角度更加准确。

如果你本身更喜欢简洁的故事，完全可以不必这么做。

还是那句话，<u>没有最好的写作方法，只有更适合你的写作方法。</u>

选择你喜欢的，你有把握的，就是最好的。

如果足够了解这个故事的时代背景，可以将其他人的故事也写进来，给索菲亚和田垣的经历做衬托或者对比，写出他俩只是众生相中的某一种。这样的话，这个故事会更加丰富。当然了，这未必是更好的选择。你需要自己去把握，加法做到什么程度，减法做到什么程度，都要自己探索，就如小马过河，得自己去试一试深浅。

第3章

——

丰富故事

在上一篇里，已经说到了做加法的写作方法。那是丰富故事的一种方式。但是这一篇里要讲的，不是那种丰富故事的方式。

感官的丰富

这一篇我们要说的是故事的"感觉"。

感觉，就是视听嗅味触觉。换句话说，是颜色、声音、气味、味道、形状。

还有一个——想法。

综合起来就是《心经》里说的"色声香味触法"。

有的人写的故事是没有"感觉"的，太过平淡。为什么呢？因为看故事、听故事的人感受不到故事里的事物。

你写的故事，就如一张照片里的东西，能看见，但是与读者如同在两个世界，没有建立起任何联系。

即使能让读者看得清清楚楚，也只是调动了读者的一种感觉——视觉。

你不能只告诉读者，故事里有什么，你应该调动你的所有感觉，告诉读者，那个描述对象是什么颜色，发出了什么声音，有什么气味，尝起来是什么味道，是什么形状。

还有，这些"色声香味触"，让你有什么样的想法。是让你回想起了什么人，还是什么事？让你感到温馨,还是感到恐慌?让你高兴,还是让你悲伤?

这样写故事,会调动起读故事或者听故事的人的感觉,去体会故事里的感受。

调动感觉,故事才能"活"起来。

比如,故事中写到"一个衣柜",如果调动感觉,可以这样写:一个暗红色的衣柜,一个打开时"吱呀吱呀"叫的衣柜,一个散发着樟脑丸气息的衣柜,一个古典式衣柜。

每一种写法,都赋予了这个衣柜不同的气质,给了读故事的人不同的感受,甚至有了不同的意义。

但是这种感觉要和故事里的情节匹配。

一个贫穷的人,可能很难拥有一个贵重木材制成的衣柜——除非你要写这个人曾经富贵过。

一个年轻的人,可能不会使用一个古典式衣柜——除非你要写这个人有着与年龄不符的审美。

一个现代的人,可能不会在衣柜里放气味古怪的樟脑丸——除非你要写这个人不太注重生活细节。

一个活泼的人,可能不会选择暗红色的衣柜——除非你要写这个人的另一个人格。

当然,以上举例并不十分准确。但是每一次使用"感觉"来丰富故事中的细节时,都不是无缘无故的,而是要辅助体现你想表达的东西,用来衬托人物的性格,渲染故事的情绪。

不要为了丰富而丰富,选择丰富的每一个细节,

<u>都是要有用处的。</u>

如果丰富的细节没有什么意义,最好删掉它。

如果不是锦上添花,就容易画蛇添足。

有时候,自己觉得已经将故事写得或讲得很丰富了,但是读者看到的只有臃肿和啰唆。出现这种情况,很有可能是该丰富之处没有丰富,不该丰富之处反而丰富了。

打个比方,这就像听一首歌的时候,背景乐太响,完全覆盖了人声。或者是,背景乐里的某一种乐器喧宾夺主,将合奏变成了独奏。除非是特意安排,为了凸显某一个特色,不然的话,这么做有什么意义呢?

再打个比方,这就像看电影时,镜头给了某个场景中的一把椅子特写,你甚至能看到扶手上的刮痕,刮痕旁边有血迹。但是直到电影结束,剧情中都没有任何一个事件与这把椅子上的血迹和刮痕有关联。

为什么要打这个比方呢?

因为我们马上要说到丰富细节的另一个方法——比喻。

比喻的丰富

除了用"感觉"来丰富故事,还可以用比喻来丰富故事。

比喻是为了避免感觉不到,或者不通感。

比喻是为了将复杂的感受变得简单。
<u>比喻是为了让读者更容易产生共鸣。</u>

比如说,如何形容安静?我们常常想到的是"静得能听到一根针掉在地上的声音"。

如何形容味道?我们常常想到的是"甜得像蜜糖一样"。

如何形容心情复杂?我们常常想到的是"心里像打翻了五味瓶"。

虽然我到现在也没有见过五味瓶。

这些常见的比喻,只是为了让读者更加容易感受到故事中的"感受",让读者更加精确地体会到写故事的人想要传递的感受,不至于让读者的感受和作者

自己的感受 → 读者的感受

自己的感受 → 普通人在普通场景下类似的感受 → 读者的感受

比喻的丰富

要表达的意思差了十万八千里。

同样是悲伤的感受，用"像失去了亲人一样"和"像丢失了心爱的玩具一样"有很大的差别。

同样是欣喜的感受，用"像中了大奖一样"和"高兴得几乎要跳起来"也是有差别的。

不过，比喻也只能尽量接近，不可能完全一样。因此，若是要用比喻，尽量用大家都有过体会的日常感受来类比，不要用过于生僻少见的感受。作家余华说他见过最好的比喻是形容人消失在人群中，"如水滴进入水里"。这就是非常巧妙又是大家都见过的场景的比喻。

如果比喻做不到贴切，就不要轻易使用比喻。

人物的丰富

故事如果缺少感官的丰富，就会像照片一样扁平。

如果故事中的人物不够丰富，就会成为名副其实的"纸片人"，也是扁平的。

怎么让故事中的人物，尤其是主人公丰富起来呢？

这个问题不妨问问自己——如果你是故事中的那个人物，你会怎么做？

诚然，写故事的人有自己的性格，与故事中特定性格的人在遇到同样的事情时，会有不同的应对方式。

那么，不仅要想自己遇到故事中的情况时会怎么做，还要想一想，生活中类似性格的人会怎么做。

《杀死一只知更鸟》的作者说，你永远不可能真正了解一个人，除非你穿上他的鞋子走一段路。

如果我们只是复述一个听来的故事，直接按照故事原本的模样来写是最好的。但是，倘若故事中有不太合理的地方，或者你想写一个更丰富的故事，就不得不考虑人物的丰富。

怎么丰富故事中的人物呢？

像日常生活中认识一个陌生人那样去丰富人物。

外貌

要让一个人物变得丰富，可以从外貌开始。

一个人物的外貌反映了他生活的基本情况。

故事中的人物在读者面前亮相的时候，就如我们日常生活中第一次见到某个人一样。我们首先看到的是那个人的脸、肤色、身高、胖瘦、衣着、首饰等。

如果你写的是一个真实故事，那么，按照实际情况来写即可。因为这是真实的，已经发生的。即使有人不相信故事中的人物是这个样子的，你也可以说："真实情况就是这样。"

如果你写的是一个虚构或者半虚构的故事，那么，外貌要和人物本身的职业、性格一致。

比如，写一个从事户外职业的人，肤色不能写成白皙的，因为读者不会接受。如果这是个真实发生的故事，你可以在故事里说明："难以置信，但确实如此，他的脸居然白得像从未见过太阳。"

语言

接着，就如生活中一样，我们会注意那个人的语言。

一个人物的语言反映了他的基本性格和思维。

说话的声音是温柔的、高亢的，还是嘶哑的？语句里是礼貌词多，还是粗俗词多？是说得快、说得慢，还是不紧不慢？是连贯，还是犹疑，或者断断续续？

说话温柔的人，大多性格比较柔和。说话高亢的人，大多性格豪爽或者喜欢跟人辩论。

声音嘶哑的人，或是刚刚说过太多的话，或是讲故事的人在刻意营造一种氛围。

我们常说："贵人语迟。"身份尊贵的人，大多说话会慢一点，不会特别急躁。或许这是"贵人"在日常生活中习惯思考或者担心言多必失的结果。

平时说话就火急火燎的人，性格也大多这样。

总而言之，语言也是丰富故事人物的一种途径。

如果你平时没有琢磨过什么样的人说什么样的话，就用其他的丰富方式。

如果你想写好人物的语言，就要多关注日常生活中的人怎么说话。什么职业的人说什么样的话，什么年龄的人说什么样的话，什么群体的人说什么样的话，诸如此类。

我们还是要相信有特殊的情况发生。

并不是所有的事情都是合理的。

比如《红楼梦》中写到王熙凤的出场，就是不见其人，先闻其声。这是《红楼梦》中一个特殊情况，表明了王熙凤的地位和性格。

如果一个人物的语言和他的身份不匹配，那么，一定要有强有力的解释。

当然了，如果你是故意这样写，就不需要解释。

但是你不能经常这样写，至少不能在同一个故事里多次出现这种情况。

人们倾向于相信他们愿意相信的事情。

如果有太多让他们难以相信的地方，那么故事的说服力就会大大减弱。

如果你会一些方言，或者故事中有使用方言的人物，那么，可以在故事中适当加入一些方言。这样能加强故事的魅力和可信度。如果是一看就懂的方言，就不需要解释其中的意思。如果是一般读者看不懂的方言，就要解释，让读者明白。不过，如果不是刻意营造风格的话，最好不要在一个故事里使用太多需要解释意思的方言。这样会抑制读者阅读的欲望。也许有少数读者更喜欢艰涩难懂的词语和句子,但大多数读者不是这样的。

写作的技巧应该是为了更好、更精准地将故事告诉读者,阻碍表达的事,都应该尽力避免。

对白

对白其实属于语言的一部分。

之所以要单独将对白从语言这一分类里拿出来说,是因为对白在故事中的作用实在太重要了。

并且,对白与上面说到的语言又略有区别。上面说的语言,可以是人物在某一情景下说的话,或者是内心独白,不一定需要写到这句话得到的反馈。

而对白既然有这个"对"字,是因为这句话是这个人物对另一个人物说的,并且另一个人物也因为这句话而做出了回答或者反应。

写好故事中的对白是提升叙事质量的关键。

对白不仅是人物之间的交流,更是推动情节发展、展现人物性格和情感,以及揭示故事内涵的重要工具。

那么,怎样写好故事中的对白呢?

1. 尽量真实自然

好的对白听起来,或者说读起来的时候,像是真实生活中人们会说的话。

如果你自己朗读的时候都感觉这句话不像是这种人物会说的，那么，这样的对白显然是不合理的。

如果出现了这种情况，怎么解决呢？

最好的办法是去观察这样的人物平时在生活中是怎么说话的。你去找找这样的人，听一听他们怎么和别人说话。你写一个菜市场的摊主，就要去菜市场走一圈，看看摊主们是怎么和客人、和竞争对手、和其他人说话的。顺便注意一下他们的肢体语言。

肢体动作是对白的一部分。

故事本身就是生活的一个片段。应该没有人见过两个人或者更多人对话的时候一动不动，眼睛不眨，也没有任何表情。

有的作者在开始写作的阶段，容易只写对话，没有其他的侧面描写，仿佛两台录音机使用已经录好的语音互相问答，或者是几个人记好了台词，在没有感情地背诵，而不是真实场景下的活生生的人在对话。

此外，还要尽量避免使用过于正式或书面化的语言，除非这是角色的特定风格或出于情境需要。

作为刚开始写作的新手，一旦开始创作，就容易正襟危坐，进入一种非常庄严的状态，写出来的文字几乎满篇书面语，而不是充满生活气息的正常口语。

比如，人物在对白中说："我母亲经常在周二凌晨去往菜市场购买日常生活所需的物品。"如果这是对白之外的叙述，或许是没有问题的，但如果出现在对白之中，就很有问题了。

我们不会在日常对话中说"我母亲"，而会说"我妈"；不会说"凌晨"，而会说"一大早"；不会说"去往"，而会说"去"；不会说"日常生活所需"，而会说"我们一家人要吃要用"；不会说"物品"，而会说"东西"，或者柴米油盐的具体名称。

在同一篇故事里面，同样的一句话在对白外和在对白内，是不一样的。

我们很容易忽略这一点，将对白也以写故事的叙述方式来完成，而自己难以察觉。

因此，建议在写一篇故事的时候，不要觉得自己在完成一件特别重要、特别需要仪式感的事情，而是要想象对面坐着一个或几个听众，你要给他们讲一件你在生活中见到的事情。

在其他类型的文章里，或许对白可以写得书面化，但是在故事里，最好还是尽量真实自然。

除非这个故事本身就不是真实自然的。

2. 尽量简洁有力

即使对白写得足够真实自然了，依然要避免没有意义、啰里啰唆的长篇大论。

故事中的对白，要尽量简洁有力。

就如日常生活中你与一个人对话那样，你肯定有你要表达的内容，对方也有自己的想法。你们的对话必定是围绕一件事情或者一个话题而展开的，即使是漫无目的地聊天，也是有规律可循的，从天文地理，到时事政治，看似漫无边际，实际上是有过渡的。

新手作者在写对白的时候容易将许多没有作用也没有趣味的对话全部写到故事里。

读者看了半天故事的对白，不知道故事里的人说这些做什么，也不知道作者到底要表达什么。

这里不得不说到我们在语文作文课堂上训练的思维惯性。老师常说，作文要凤头、豹尾、猪肚。意思是开头要吸引人，结尾要有力，中间则要写得充实。这也是因为作文的字数规则导致的。一篇八百字的作文，开头和结尾写得再好，中间的字数不够，那肯定是得不到高分的。试卷上画好的格子，不能留太多空白。所以我们要尽力多写，至少将格子填满。

故事与作文不一样，故事能精简的地方要尽力精简。一个两三百字的故事如果写得好，那也是一个非常好的故事。它们有另一个名字——小小说。

何况有的故事甚至连一百字都不需要，就能特别精彩。

这里不是倡导大家写字数尽量少的小说，而是说明一个道理——不要去凑字数，尤其不要用对白去凑字数。

哪些对白是有用的，哪些对白是作用不大的，哪些对白是完全无用的，作为作者，心里应该大概清楚。

有些对白可能在读者看来没有什么用，但是只要你自己确定是需要的，也可以不做任何删改。

如果是有意将对白写得冗长，借此来说明这个人物的思绪飘忽、情绪激动或者不在状态，那也是有作用的。

除了一些特别的情况外，尽量避免冗长和不必要的对话。

3. 符合人物的性格和设定

故事里的每个人物都应该有与他身份和所处的场景对应的对白，这反映了他们的背景、性格、思维、目的、教育水平等。

每一句对白都应该符合说话人的身份和特点。

换句话说，每一句对白都应该有说服力，让读者不至于感到突兀。

如果有不合理的对白，就要有不合理的原因。

如果你觉得寻找不合理的对白的原因比较困难，那么，你可以像日常生活中那样问一句："你说这句话是什么意思？"

又或者像一个人说话让你感到意外那样质问："我感觉这话不像是你说出来的。"

像日常生活中遇到疑问一样，去质疑故事里一切不合理的写法，然后去寻找背后的答案。

比如，一个平时温文尔雅的人突然爆出一句粗口，那么一定是有什么事情激怒了他，并且那不是极其普通的事。如果是普通的事，那么他可能是长期积压情绪之后终于忍不住爆发了。

又如，一个杀人不眨眼的刺客忽然说话变得温柔了，那么一定是有什么事情触动了他。触动他的事情一定不是经常发生的，要么是他重视的人身上关联的事情，要么是他自身经历过的重要事件。当然，也可以是一件经常发生的事情，除非你要写的是一个外表冷酷残忍，实际上内心柔软的刺客。

在有的故事里，两个人物显然是完全不一样的性格和设定，但是说出来的话却是同一种风格、同一种口吻。

出现这种问题，大多是因为作者将自己平时说话的习惯带入了故事里，导致作者笔下的所有人物都是以作者的个性在对话。最终故事给人留下的印象是所有的人物都在背诵作者写好的台词。

这样的话，故事里的对白就很枯燥，人物就不够立体，没有个性。

那么，故事里的人物会变得脸谱化，并且这些脸谱都来源于故事的缔造者。

4. 对白应该起到推动故事情节发展的作用

对白应该有助于推动故事的发展，起到揭示信息、增加冲突、加深角色之间的关系等作用。

在这一点上，编剧比小说作者讲究得多。

编剧写剧本时，对白所占的比例比作家写小说要大得多。

一般来说，剧本就是简单的场景和大量的对白。

如果对白不能推动故事情节，加强人物的设定，或者起到其他特别的作用，就会被删掉。

"不能有一句没用的对话。"在剧本讨论会上，这句话或许是最重要的标准之一。

不过，故事的写法不需要做到剧本那样简洁有力，但是也从极致的角度说明了对白的最终作用。

在故事中，如果对白是争吵，那么，争吵之后人物关系有了什么样的进展或者变化？这种关系的变化对故事的推进有什么作用？

如果对白是亲密的交流，那么，交流之后人物关系又有什么变化呢？是化解了之前的误解，还是为后面的情节埋下了伏笔？

或者，一场看似漫不经心的对白，会不会起到意外的作用？

在我们的生活中，有很多无意义的对话和交流，交流之后，我们和别人的关系并没有任何变化，我们自己也没有任何变化，不久就忘得一干二净。

但是故事是从生活中截取或者提炼出来的,是生活的浓缩,抽干了其中的"水分"。选取素材的过程本身就剔除了那些毫无意义的部分,因此,故事中的对白不能是那些毫无意义的对话和交流。

曾经,废话文学风靡一时。废话文学里的那些内容,可以说是真的听君一席话,如听一席话。

但那是许多人刻意为之。如果让读者一直阅读废话文学那样的内容,读者也会疲倦的。

作为新手作者,要想让每句话都起到相应的作用是很难的。过多思考这些,可能会导致写作难以进行下去。

没关系。如果这些阻碍了你将故事写下去,就暂时舍弃这些思考吧。

如果你心有余力,就请适当注意这些问题。

5. 对白的情感表达

写故事中人物的情绪有许多方法。相对来说,对白是最好、最简便的方法。

通过对白传达人物的情感和内心世界,会使故事更加精彩。

"笑道""哭着说""淡然说道"诸如此类的写法,一方面写出了对白,另一方面也写出了人物的情绪。

需要注意的是,每种情绪下说出来的对白,要符合常理。这时候对白的停顿、语速、声调、用词往往也要与之匹配。

怎样辨别你写的对白在情感表达上做得够不够呢？

最好的方法是用说话的方式复述出来，这样你大概能体会到对白是不是恰当的。

6. 避免信息过载

不要试图通过对话一次性传递太多信息。

这跟故事的开头不要一次性有太多人物出场的道理是一样的。

为什么呢？

因为读者很难一下子接收过多的信息。就像生活中认识人一样，如果一下子要记住好几个甚至几十个人的名字和特征，是非常难的。哪怕是在一天的时间里认识好几个人，也很难记住每个人的特征。

如果有好几个相对重要的人物要出场，最好一个一个来，逐个在具体的事件中体现。

对白也是这样。如果一句话里的信息太多，又全是之前的内容里没有出现过的，就会给读者带来理解的难度。

打个比方，就像推理案件一样，每个关键的信息最好是一步一步地出现，让读者跟着一起去寻找、去发现、去了解。

如果故事里确实有许多信息需要读者去接受，建议将它们分散到其他对白中去。或者将一句信息过载的对白拆散成多句对白。

虽然前面说了，对白不要过于冗长，但是在信息过载的情况下，还是要适当地扩充对白。让读者在故事的对白中，一点一点地接收你需要他们了解的内容。

有的作者喜欢用对白来介绍很多与故事相关的背景，或者解释一些复杂的情节。这说明作者意识到读者只有了解这些内容之后才能更好地阅读后续的情节。

但原本应该是体现故事人物的对白，却成了作者介绍后续内容的提要。或者本应该通过具体故事情节来体现人物情绪和态度变化，出于种种原因，比如没有耐心去铺垫，或者是图简便，又或者是习惯问题，都让故事中的人物用对白一五一十地说出来。这是很多新手作者常见的问题。这些问题导致对白超过了它本身应该承载的信息量。

对白只是叙事手段中的一种，针对信息过载的情况，除了用分散式的方法，还可以用内心独白、回忆等其他的叙事手段来完成。

总的来说，对白里信息过载基本上是因为写作者耐心不够、操之过急造成的。只要你静下心来，梳理思路，找出重点，逐步放出信息，问题自然会解决。

如果你能不紧不慢地将信息逐个释放，将原本过载的信息分解，那么这样的写作也能在一定程度上锻炼你的思维，改变急躁的习惯。

7.适当使用潜台词或暗示

日常的对白中常见潜台词和暗示，比如一个人说话不那么直接，我们常常会用"含沙射影""指桑骂槐"这样的词来形容那个人。古诗中也常见借物喻人、寓情于景之类的艺术手法。

出于一些原因，我们一些要说的话，并不能或者没有必要以最直白的方式说出来，或者是直白地说出来没那么有韵味。

比如，木心的诗歌《从前慢》里，有一句"从前的锁也好看，钥匙精美有样子，你锁了，人家就懂了"。锁就成了人们之间的潜台词，成了隐喻。

故事既然是取材于生活，那么里面有一些人物也会使用潜台词或者暗示。

这需要作者平时在生活中多留心、多观察、多积累。

比如"我送你吧？"潜台词是你应该走了，"要不要留下来吃饭？"很多时候也是同样的意思。"你是个好人"这句话可以暗示的就太多了，也可以是真心表达对方是个善良的好人。

又如很多历史类的电视剧里，那些身居高位或者城府很深的人说出来的话是需要揣摩的。乍一听好像云淡风轻，实际上激流暗涌，波诡云谲。

普通的故事里不需要那么多潜台词，尤其是不以人物的斗争为主要题材的故事，但是适当加入潜台词，会让故事里人物的性格更加有层次。

另外，在对白中使用潜台词或者暗示，会让故事更加生动，更具有真实感。有时候它能增加故事的深度、趣味和复杂性，使故事具有一定的水准。

潜台词和暗示通过故事中人物的言外之意、意犹未尽、特殊反应或者沉默来揭示更深层次的信息。

有的故事本身就是潜台词。看似写了这样一件事，实际上说的是生活中的另外一件事。

这样的话，整个故事就是潜台词或者暗示了。这样的故事大多叫寓言。

8. 节奏、韵律和流畅性

对白一旦多了，很容易写得混乱、无序。

日常生活中，说话的人也许没有那么讲究逻辑，所以说出的话并不是很准确，也不会讲究节奏，或者顾及流畅性。

有时候你跟别人聊天，总感觉聊不到一块儿去。那么写作的时候，要注意自己写的对白，别让你成了和其他人聊不到一块儿去的那个人。

首先，对白中要尽量避免过长的句子，有意为之的除外。读者读到太长的句子，也会喘不过气来。如果文中出现了长句,可以将长句分解成短句,或者长句、短句搭配使用。如果可以,这些短句最好有那么一点点韵律——这完全是个人见解。但是古今中外很多作家会这么做。

国外作品中,有韵律的对白可以举出很多例子,但是要读原版,翻译成中文有时会丢失许多原来的风格。

试举几例。

《哈姆雷特》
To be, or not to be, that is the question:
Whether 'tis nobler in the mind to suffer
The slings and arrows of outrageous fortune,
Or to take arms against a sea of troubles
And by opposing end them.
(生存还是毁灭,这是一个问题:
是否应默默地忍受坎坷命运之无情打击,
还是应与深如大海之无涯苦难奋然为敌,
并将其克服。)

(为了体现韵律,我特意在诸多翻译版本里选择了有韵律的一版。在这里,"题""击""敌"押韵。)

分析：

这段著名的独白，尤其是"To be, or not to be, that is the question"，几乎所有熟悉莎士比亚的读者都能脱口而出，就是因为它非常有韵律感。不管懂不懂这句话的意思，它都让人记忆深刻。

《绿野仙踪》

Scarecrow: "Some people without brains do an awful lot of talking, don't you think?"

Dorothy: "Yes, some of them talk even when there isn't anything to say."

（稻草人："有些没脑子的人会滔滔不绝，你说呢？"

多萝西："是的，有些人甚至在没什么话可说的时候也会说话。"）

分析：

这两句也是很经典的句子。简洁明快，且对话有一定的对称性，如同《加州旅馆》歌词中的"some dance to remember, some dance to forget."（有人跳舞是为了回忆，有人跳舞是为了忘记。）

国内的作家里，老舍的作品如《骆驼祥子》《茶馆》等，不仅描绘了北京的风土人情，而且对话中融入了大量的北京方言特色,有时候会采用押韵的方式使语言更加生动有趣。

汪曾祺的作品如《受戒》《大淖记事》等,以细腻的情感和独特的叙述风格著称,他擅长通过简洁而富有韵味的语言来表现人物和故事情节,在对话中偶尔会使用押韵或其他修辞手法来增添艺术效果。

金庸作为武侠小说大师,在他的武侠小说中,经常使用诗词歌赋来表现人物的内心世界和情感,其中不乏含有韵律的对白。

张爱玲的作品不以韵律对话著称,但在一些短篇小说,如《红玫瑰与白玫瑰》《倾城之恋》中,她偶尔会使用具有节奏感的语言来描绘人物的心理活动或加强对话的效果。

这些作家的作品都展示了中文语言的独特魅力和文学创作的多样性。

试举几例。

《受戒》

场景1:明海到善因寺去受戒,明海和小英子对话。

"你真的要去烧戒疤呀?"

"真的。"

"好好的头皮上烧十二个洞,那不疼死啦?"

"咬咬牙。舅舅说这是当和尚的一大关,总要过的。"

"不受戒不行吗?"

"不受戒的是野和尚。"

"受了戒有啥好处?"

"受了戒就可以到处云游,逢寺挂褡。"

"什么叫'挂褡'?"

"就是在庙里住。有斋就吃。"

"不把钱?"

"不把钱。有法事,还得先尽外来的师父。"

"怪不得都说'远来的和尚会念经'。就凭头上这几个戒疤?"

"还要有一份戒牒。"

"闹半天,受戒就是领一张和尚的合格文凭呀!"

"就是!"

"我划船送你去。"

"好。"

场景2:明子告诉小英子,善因寺一个老和尚告诉他,寺里有意选他当沙弥尾,不过还没有定,要等主事的和尚商议。

"什么叫'沙弥尾'?"

"放一堂戒,要选出一个沙弥头,一个沙

弥尾。沙弥头要老成，要会念很多经。沙弥尾要年轻，聪明，相貌好。"

"当了沙弥尾跟别的和尚有什么不同？"

"沙弥头，沙弥尾，将来都能当方丈。现在的方丈退居了，就当。石桥原来就是沙弥尾。"

"你当沙弥尾吗？"

"还不一定哪。"

"你当方丈，管善因寺？管这么大一个庙？！"

"还早呐！"

划了一气，小英子说："你不要当方丈！"

"好，不当。"

"你也不要当沙弥尾！"

"好，不当。"

又划了一气，看见那一片芦花荡子了。

分析：

这两段话里，都有韵律。

"不受戒不行吗？""不受戒的是野和尚。""受了戒有啥好处？""受了戒就可以到处云游，逢寺挂褡。"这里重复问题中的文字，产生来来回回的韵律，有节奏感。后面的"不把钱？""不把钱。"也是同样的道理。

"放一堂戒，要选出一个沙弥头，一个沙弥尾。沙弥头要老成，要会念很多经。沙弥尾要年轻，聪明，相貌好。"这里，沙弥头，沙弥尾，要老成，要年轻，都是相互对仗，朗朗上口。聪明，相貌好，这里完整的应该是"要聪明相貌好"，或者是"要相貌好聪明"。与"要会念很多经"对应。

仔细一听，经、轻、明，都是韵脚。简直如诗一般，同时保持了自然流畅的对话风格，没显得过分和刻意。

《棋王》

我也感叹了，说："钱是不少，粮也多，没错儿，可没油哇。大锅菜吃得胃酸。主要是没什么玩儿的，没书，没电，没电影儿。去哪儿也不容易，老在这个沟儿里转，闷得无聊。"

他看看我，摇一下头，说："你们这些人哪！没法儿说，想的净是锦上添花。我挺知足，还要什么呢？你呀，你就是叫书害了。你在车上给我讲的两个故事，我琢磨了，后来挺喜欢的。你不错，读了不少书。可是，归到底，解决什么呢？是呀，一个人拼命想活着，最后都神经了，后来好了，活下来了，可接着怎么活呢？像邦斯那样？有吃，有喝，好收藏个什么，可有个馋的毛病，人家不请吃就活得不痛快。人要知足，顿顿饱就是福。"

分析：

这里棋王说了大段的话，为了避免阅读的枯燥，作者将很多长句拆解为短句，长短结合，形成了一定的节奏感。"你们这些人哪！没法儿说，想的净是锦上添花。"而不是"你们这些人想的净是锦上添花。""可是，归到底，解决什么呢？"而不是"可是归到底解决什么呢？"

个人觉得，或许唐诗发展到宋词，正是因为固定字数的搭配已经写得太多了，于是打断打碎，才能出新意。

另外，这段话也让棋王的人物形象更加突出，他对下棋之外的事情都没有太高的追求。许多天才沉浸在自己的世界里，对兴趣之外的事情非常淡漠。

除了对白的韵律和节奏感之外，叙述的部分也可以适当使用这种写作手法。张爱玲的作品中也有这样的段落。

《红玫瑰与白玫瑰》
也许每一个男子全都有过这样的两个女人，至少两个。娶了红玫瑰，久而久之，红的变了墙上的一抹蚊子血，白的还是"床前明月光"；娶了白玫瑰，白的便是衣服上沾的一粒饭粘子，红的却是心口上一颗朱砂痣。在振保可不是这样的。他是有始有终,有条有理的。他整个地是这样一个最合理想的中国现代人物,纵然他遇到的事不是尽合理想的,给他自己心问口、口问心,几下子一调理,也就变得仿佛理想化了,万物各得其所。

分析:

这段文字虽然不是直接的对话,但它通过形象的比喻和重复的句式,创造出了一种类似韵律的效果。如"娶了红玫瑰""娶了白玫瑰";又如"心问口""口问心"。作者巧妙地运用了对比和重复的手法,使这段描述具有韵律感,同时也深刻地揭示了男人的复杂心理和情感。

在张爱玲其他作品如《金锁记》《半生缘》中,也同样可以看到她对语言韵律和节奏的精心安排。她的语言不仅富有诗意,还能够准确地捕捉到人物内心的微妙变化。

总之,小说中的韵律对白是作者语言艺术的体现,它通过增强语言的韵律美,丰富了小说的表达方式,提升了读者的阅读体验。

在刚开始写故事的时候,我们不需要刻意去追求节奏感、韵律感。不要舍本逐末。但是在自己能够做到的时候,可以适当地去尝试、去摸索、去体会。

对白的韵律感应该是平时多练习、多思考之后水到渠成的,并且它起到的是辅助作用,不要为了这个而毁掉整个故事。

如果这会影响你的写作进程,你甚至可以舍弃它。

但是,如果你顺带可以做到,何不让它变得更好呢?

9. 避免重复

写作时要确保对白中的信息不重复,除非是为了强调或有特定的叙事目的。

比如,一件事情已经由某个人物说过了,可是下一个出场的人物又说了一遍,这样会显得啰唆多余。

哪怕是取材于真实的生活,如果这段对白不是有着不可替代的作用,就要想办法省略掉或者一笔带过。

动作

我们在日常生活中认识或者记住一个人,再次遇见的时候,大多先从外貌辨认,再从语言声音辨认,然后就是从动作上辨认了。

一个人物的动作反映了他的性格和当时的心情。

眼珠子一转,说明他在想法子。眉头一皱,说明他有些为难。长叹一声,说明他为之惋惜或者同情。来回踱步,说明他非常焦急。

处世的方式

依然跟我们日常生活中认识一个人一样,时间久了,我们会了解这个人为人处世的方式。这个人遇到事情的时候,会如何对待自己,如何对待别人,如何对待身边的东西、宠物等。

简言之,人物处理事情的方式跟性格息息相关。除非有特殊情况,否则一个人处世的方式不会突然发生剧变。

人性

以上都是人物的外在描写。

如果能写出一个人物的人性,就说明在人物描写上有了更高的水平。

人性是复杂的,不像外貌、语言、行为那样直观,所以写起来有难度。

写出人性的复杂,能使角色更加立体、真实,让故事更引人入胜。

那么,怎么写人性呢?

1. 多维度的角色设定:不要将你要写的人物角色简单地划分为"好人"或"坏人"。每个人都有优点和缺点,都有自己的欲望、恐惧和矛盾。一个人的成长环境、教育背景、过往经历等,都会影响他的性格和行为。如果在人物身上能看到这些或者一些难以察觉的细节,故事也会精彩许多。换句话说,就是要看到那些平时看不到的地方。

2. 内心细节描写：适当描写人物的内心语言，可以揭示人物的真实想法和感受。不一定要用"我想"这样的方式来写，可以用动作来反映内心，比如说话时的懦弱、结结巴巴、小声，还可以用肯定句、祈使句来侧面描写人物的内心变化。这样可以帮助读者理解角色的行为动机和决策背后的复杂性。代入角色，置身其中，可以让内心细节描写更细腻和真实。

3. 冲突和挑战：人性的复杂往往在面对冲突和挑战时表现得最为明显。在一些道德困境、人际关系的纠葛或个人目标的冲突情境中，让人物做出选择，从而展现人物性格的多面性。同样，你可以代入自身，或者代入到你熟悉的人身上，想象他们遇到类似的事情，会如何反应。

4. 与其他人物之间的互动：通过人物之间的对话和互动，可以展现他们不同的性格特征和关系动态。平时多留心观察身边的人在不同情境下的交流方式，看看他们是如何与别人说话互动的，这些细节可以写到故事里去。这样的话，故事中的人物更加具有真实感。

5. 情感的波动：情感不是一成不变的，随着事件的推移，人物的情感会随之变化。情感的波动也是人性复杂的体现。通过描述人物在不同情境下的情绪变化，可以增加人物的深度。在日常生活中，我们可能会有莫名其妙的情感波动，但是在故事里，最好有合理的事件影响。除非你要写的人物本身就是一个情绪不太稳定的角色。

6. 道德观和价值观的探讨：探讨人物的道德观和价值观，以及这些观念如何影响他们的行为和决策，可以帮助读者理解角色的内心世界。但是这一切都要相对合理，不能完全靠主观想象来强行匹配想法和行为。在这里，写作者自身的价值观会影响故事的价值观。所以，写作者自己平时要多学习、多认识新鲜事物，尽量不要让自己变成一个观念落伍的人。当然，也可以尝试去探讨不一样的价值观，兼容并包。

7. 从不同的视角来描写：一个人面对不同的人，在不同的场景下，表现是有区别的。比如在亲人、同学、陌生人面前，表现各不相同。这种差异可以帮助阅读者从多个角度理解人物的性格。

通过这些方法，可以创作出具有深度和复杂性的人物，使故事更加丰富、立体、真实，可能引起一点点思考。写人性的复杂，是挑战，也可能变成乐趣。

以上列举的种种方法，总的来说可以归纳于一点——关注细节。

人性都是在具体细节上体现出来的。

在日常生活中，一个会讲故事的人，或者一个会写故事的人，总会关注身边的各种细节。如果你想要写好一个故事，你要有一双敏锐的眼睛，去留意生活中平时没有注意到的细节。然后，在写故事的时候，将你看到的细节"复刻"到故事里。

以上就是丰富故事人物的几种方式。

如果你是第一次写故事，建议你从身边真实的故事开始写起。这样可以避免丰富故事的时候产生一些不协调、不合理的情况。毕竟，你只要按照故事原本的素材来写就可以了。

真实中的不合理，就是合理的。

虚构中的不合理，你要让读者相信它是合理的。

如果你不能让读者相信这是合理的，那么，虚构的故事很容易面临失败。

《阅微草堂笔记》的作者纪昀为了避免这种情况，将书中的故事以听来的"真实故事"的方式展现。如果有人质疑故事的真实性，作者可以说："反正我听到的就是这样的。"

如同生活中有的人会在发生争辩或被质疑的时候回复说："反正别人就是这样跟我讲的。"

其实都是为了让听故事的人相信，或者在一定程度上相信。

而故事本身并不需要完全真实。

因为故事是生活的比喻。

故事讲得贴切就行了。

甚至不用做到贴切——能触动人的情绪就行了。

前面讲了那么多丰富人物的方法，为的是让故事中的人物"活"起来。但是在写作的初始阶段，很难将这些方法一一用到实践中。

写作的过程中常常顾此失彼：写了形象，漏了语言；写了语言，缺少动作。

又或者，由于故事中的人物较多，记不住每个人的特点，甚至把人物写串了。

若是存在这些问题，可以通过以下两种方法来解决。

1.设置人物卡片

可以为故事中的关键人物设置一张简单的人物卡片。

卡片内容包括人物姓名、性别、年龄、关键的外貌特征、习惯性动作、口头禅以及重要的背景。如果还有其他区别于一般人的地方，也可以写上。

通过设置这样的简单卡片资料，建立档案库，将重要的人物区分开来。

每次写到这个人物的时候，可以看看人物卡片，对照故事里的情节，避免人物模糊混淆。

2.代入真实生活原型

曾有一个作家说过写作的技巧，大概意思是故事中人物的鼻子来自浙江，嘴巴来自湖南，眼睛是四川的，眉毛是新疆的。

一个好故事

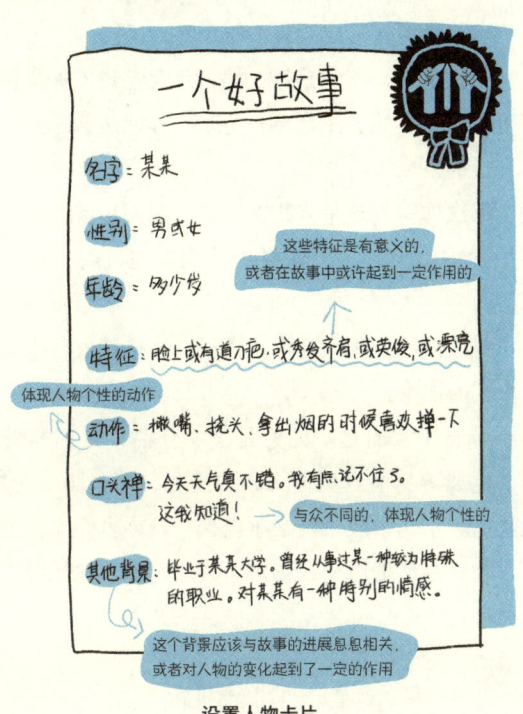

名字：某某

性别：男或女

年龄：多少岁

特征：脸上或有道刀疤，或秀发齐肩，或英俊，或漂亮
> 这些特征是有意义的，或者在故事中或许起到一定作用的

动作：撇嘴、挠头、拿出烟的时候需要弹一下
> 体现人物个性的动作

眼神：今天天气真不错，我有点记不住了。这我知道！
> 与众不同的，体现人物个性的

其他背景：毕业于某某大学。曾经从事过某一种较为特殊的职业。对某某有一种特别的情感。
> 这个背景应该与故事的进展息息相关，或者对人物的变化起到了一定的作用

设置人物卡片

故事中的角色是虚构的，但是角色的大部分特征仍然来自真实生活，或者某一部分特征是真实生活中存在的。

很多作品中的人物，也确实是对照真实人物来写的。可能换了名字、年龄或者其他的信息。

因此，除了设置人物卡片，还可以将真实生活中的人代入故事中，把你熟悉的，或是记忆深刻的，或

是萍水相逢的人写成故事中的人物。

主角是谁,配角是谁,路人甲又是谁?如果你想写得更有真实感、生活感,更加立体活泼,不妨借助你见过的人来代入。

每次你写到这个人物的时候,脑海里就会出现现实生活中对应的人,这样也可以避免人物空洞、不真实。

对应人的外貌、动作、语言、性格脾气,也就有了真实的依据。

需要注意的是,即使是文学作品,是虚构的故事,也要避免泄露原型人物的隐私、伤害原型人物。尤其是名字,一般来说必须虚构。具体事件上,不要让人能轻易地把原型人物对号入座。除非你征得当事人同意。

请千万要注意这一点。

不必要的丰富

前面说了那么多丰富故事的方法,但是并不是故事的所有部分或者元素都需要丰富。

在小学作文课上,我们常常听老师强调"详略得当"。什么叫详略得当?就是有的地方要详细,要细腻;有的地方要省略,要简单。

"你要写……就不能只写……"这样的金句曾在

网络上风靡一时。

> 你要写花,就不能只写花。你要写落英,写残英,写世人看不出的孤寂,要写昨日芙蓉,写明日黄花,写映入眼帘的绿、纯净无瑕的白、娇嫩欲滴的粉,要写柔软而挺拔的枝丫……

总而言之,这样的金句就是不要直接去写你想写的事物或者情感。你要拐弯抹角,要引经据典,要旁征博引,要想尽一切绕弯路的办法。

而我的建议是,<u>千万不要这样写!万万不可这样写!</u>

当然,金句这么说,有一定的道理。写东西,当然要细腻,要深刻,要入木三分,要有技巧,也要没有技巧。是的,你要有技巧,最后又要抛弃技巧。

但是,这都要在"详略得当"的基础上去写。

应该详细描写的部分

详细描写的部分,就是你觉得重要的部分。

在这些重要的部分,你应该倾注你的热情、细腻,用通感、联想等一切可以使用的手法来告诉读者——这是多么重要的内容,这里不应该被轻轻略过,这些都是你希望与读者产生共鸣的部分。

如果一个故事里全是这样过于丰富的内容,那么故事将变得非常臃肿、拖沓、啰唆、炫技。由于这些影响，你要表达的观点、思想或情绪，也会变得模糊、意味不明。

有一些情况下，可以将"看似"不重要的内容写得细腻丰富。比如"寓情于景"，你写花，是因为需要用花暗喻故事里的人物，你要用花的绽放或凋谢来预示人物的出现或离开。那么，你可以将丰富的写法用到这里来。

杜甫的《春望》里有一句"感时花溅泪，恨别鸟惊心"。花和鸟哪里懂得人的感受，可是花和鸟因人而具有了怨恨之情。花无情而有泪，鸟无恨而惊心。

又或者，你写雨，是因为需要用雨这个元素来烘托故事里某个场景。表面写的是雨，实际上是写雨中人的心情。很多影视剧里的离别场景总是发生在下雨天，为什么不是在艳阳天呢？这是为了烘托此时的氛围，强化情绪。

曹禺先生的《雷雨》中，雷雨的意义特别丰富，因而在故事中反复出现。

首先，它有预示作用。雷雨预示着即将发生的重大事件。每次雷雨来临，往往伴随着剧情的高潮和转折点。

其次，它暗示了情感的释放。故事人物的内心情感复杂而压抑，雷雨的爆发象征着人物情感的释放。例如，周朴园和鲁侍萍之间的关系紧张，雷雨的出现加剧了这种紧张感，也象征着他们之间危机四伏的关系。

再次，它是命运的隐喻。雷雨隐喻了命运的不可抗拒。人物似乎无法逃避自己的命运，就像无法逃避即将到来的雷雨一样。通过这种隐喻，加深了故事的悲剧色彩。

最后，它是社会背景的反映。《雷雨》的故事发生在20世纪30年代的中国，那时社会动荡不安，雷雨的意象也反映了当时社会的不稳定和混乱。

除了寓情于景外，还有几种描写方式也需要详细。《红楼梦》中大观园里的每个重要人物出场，都会有大量的服饰描写。我在中学时看这本书，每看到服饰描写就跳过。什么二色金百蝶穿花大红箭袖、石青起花八团倭缎排穗褂、秋香色立蟒白狐腋箭袖、荔色哆罗呢的天马箭袖，这些描写服饰的字我都认识，但这些东西是什么样子我根本弄不懂，也不懂描写它们的意义。

后来我才明白，这是为了展示大观园里的华丽奢靡，并且反映了每个人的阶层、性格和身份。什么样的衣服反映了王熙凤的威严热情，什么样的衣服反映了林黛玉的清雅柔美。没有一处细节是没有用的。

鲁迅先生写《祝福》中的祥林嫂,祥林嫂反反复复说:"我真傻,真的……"见人就说孩子阿毛被狼吃了的悲惨经历,让读者亲身体会到故事中其他人物面对祥林嫂絮絮叨叨时的不耐烦。这便是详细的作用。

如果你并不想刻画某个人物的啰唆,却反复写他说同样的话,或者添加许多无用的对话,就是不恰当的详细了。

没有意义的详细和繁复,只会让别人生厌。

故事是以人物和事件为中心的,人物就如在舞台上表演的演员,其他一切细节,应该是背景或者伴奏,起到烘托和陪衬的作用,从而更深刻地表达人物的内心世界和情感变化。

比如,我在一个短篇小说里写一个叫糠奶奶的人失去了老伴之后,经常梦到老伴深夜回来敲门。

> 每次敲门声响起,她就从梦中惊醒。有时候外面有虫鸣声,跟以前许多个夜晚一样,有时候外面下着雨,跟以前许多个夜晚一样,有时候外面静悄悄的,跟以前许多个夜晚一样。

但是她清楚地知道,这个世界完全不一样了。有些东西永远失去了。即使还在梦里的时候,她都清楚地知道这一点。

在这里,反复提到夜晚都是一样的,跟从前没有区别。区别是她永远失去了心爱的人。强调"物是"和"人非"。

此时我将"物是人非"这么简单的成语拆分开来,非得在中间加一个"和"字,也是为了提醒读者区分和感受。

如果是故事里的路人甲,这种情绪一笔带过即可。如果是故事里的重要人物身上发生了不重要的事件,最好也化繁为简。

说了这么多,你可能要问了,作为一个写故事的新手,这些情况很难准确判断,能不能有个简单的标准用来判断哪些地方要详细,哪些地方要省略呢?

简单的回答是——重要的地方详细写,不重要的地方简洁写。

换个说法是——每一处你着力描写的地方,都应该是非如此不可。

不这么写,不足以表达这一段的重要性;不这么写,不足以抒发情绪;不这么写,不足以让故事的情绪走向高潮;不这么写,不足以显示故事中某个人物的特点或者重要性。反正就是，这里非得丰富不可。

不应该详细描写的部分

重要的部分应该写得详细，那么，不需要详细写的就是不重要的部分吗？

不一定。

但是，绝大部分不重要的情节，应该写得简洁一些。

什么样的内容算是不重要的？

第一，对你的表达没有帮助的部分。

比如，故事中一些不重要的角色，一些不重要的穿插故事。无关故事推进，或者无关故事情绪变化的内容，都算是不那么重要的。

又如，你本来要写一个悬疑故事，但是里面的言情部分写得太多或者太重，就会影响故事整体的推进。当然了，如果这个言情故事本身就是悬疑的一部分，是不可或缺、不能忽略的，那就另当别论。

再如，你本来要写一个关于父亲的故事，但是里面关于母亲或者其他人的故事占据了绝大部分篇幅，自然是不合适的。但这里依然有特殊情况存在，如你是要通过母亲或者其他人来侧面描写父亲，体现父亲某些方面的特征，那么这样写也是正确的。如果没有这个设定，这么写就不太合理。

第二，对事物的认知没有帮助的部分。

比如故事中一些寻常的事物，一些常见的情绪和感触。

打个比方，故事中出现一个公交站、一棵树、一个动物，如果没有必要，就不要详细描写，因为读者会产生"此处有深意"的误解。

除非你特意写出来的东西是"有用"的。比如在公交站等得无聊，所以去看那些站台上的信息。又如那棵树与别的树有一些不同，这种不同不特意写，就会被忽略。再如动物的出现衬托了主人的性格和行为，或者其本身就有寓意。

鲁迅先生写"在我的后园，可以看见墙外有两株树，一株是枣树，还有一株也是枣树"，是为了表达一种情绪或者意象。

捷克作家伏契克写"从门口到窗户七步，从窗户到门口七步"，是为了表达监狱中人的孤独，体现监狱的狭小压抑。

一千个读者的心中有一千个哈姆雷特。我们对作家的各种描写有不同的解读，这是正常的现象。

无可否认的是，这些看似重复的、多余的写法，都是有"目的"的，有用的。

唐代文学家柳宗元评价《史记》：增一字不容，减一字不能。意思是，多一个字就多余了，少一个字就不够了。

写故事也应当如此，没有字是多余的，写出来的字都是不能少的。

新手作者做不到，也没有必要做到这个程度。但是可以从中知道，我们详细写的内容，应该是必须详细写的，之所以详细，是为了让读者重视你要表达的内容，无法忽略；我们简洁写的内容，就应该是必须简洁写的，之所以简洁，是为了不让读者把过多注意力放在毫不相关的事情上，从而忽略了我们想让他们注意的部分。

该详细的部分写得简单了，就过于单薄。

该简洁的部分写得丰富了，就过于臃肿。

不该丰富的地方，尽量不要丰富。

第4章

——

完成故事

曾经看到一个巧妙的问题——如何将一头大象装进冰箱里？

有人会想各种各样的办法。

而参考答案是：第一步，打开冰箱；第二步，将大象放进冰箱；第三步，关上冰箱。

是的。通过前面三章的练习和思考，接下来我们要做的就是完成故事。

要写的故事还不是很清晰，没有关系。

要写的故事还没有列大纲，没有关系。

故事里的人物关系还没有捋，没有关系。

还没有想好怎么写结尾，没有关系。

还是那句话，写故事，最重要的是写！

什么都不需要，只需要开始

常有人来问我，"我想写一个故事，需要列大纲吗？""需要写人物小传吗？""需要打腹稿吗？"

我的回答基本上是："如果你觉得有必要，可以做。如果做不好，或者是拖延很久了，那么，我建议你直接开始写。"

有的人会说："可是我还没有想好结尾。"

我的回答是："写到那时候再说。"

说不定现在想好了结尾，但写的过程中发生了改变，结尾不能那么写了，或者按原来那样写不合适了。这是一种情况。

还有一种情况是，即使没有考虑结尾，写着写着，结尾也自然而然地想出来了。就像迷路的时候寻找出口，在寻找的过程中或许就会遇到出口，豁然开朗。如果你停留在途中，不迈开步子，不踏上路途，那很可能就一直困于其中，没有任何进展。

有的人会说："可是我还没有想好开头怎么写！"

我的回答是："那现在想到什么，就写什么。"

开头也并不需要考虑太久。实在没想好，就写"这一天"，或者"我记得那是某某年""那是一个下雨天"。

再不济，开头就写"这个故事我想了许久，到现在还是不知道该如何下笔"。

就这样，你终于下笔了。你终于有了一个开头。

有时候，故事就像水库里的水，闸门一打开，便一泻千里。

中间不要犹豫，只需要继续

好的，你终于给故事写了一个开头。

然后，你继续往后面写，不管是出乎意料的顺畅，还是出乎意料的艰难，你终于开始了。

你要继续往前走，像很多的神话故事或者传说中强调的那样，千万不要回头！

在古希腊神话中，有一条连接冥界和外界的神秘道路，这条道路狭窄而漫长。如果有人试图逃离冥界，他们必须坚定信念，一直向前，不能回头。因为一旦回头，就会变成石头，永远无法回到人间。

古今中外都有类似的神话和传说：人一旦踏上了前行的道路，就不能回头。倘若回头，哪怕只是看了一眼，就会万劫不复。

当然，在现实生活中，我们不可能遇到如此神秘之事，但"千万不可以回头"的警示仍然具有一定的现实意义。它提醒我们在面对困难和挑战时，要坚定信念、勇往直前，不要回头退缩。因为一旦退缩，就可能失去前进的动力和勇气，甚至陷入更深的困境之中。

在我看来，这简直是对写作者的警示。

很多人写着写着，回头一看，发现有一些问题需要修改，有一些句子需要删掉，有一些表达不够清晰，或者就是觉得不太满意。

于是，他们停了下来，决心先将已经写出来的部分修改到满意为止。

从逻辑上看，这没有什么问题。前面的改好了，才能更好地往后面写。

但是，很多人正是因为回头看了，改来改去，总不满意。写作者在已经写出来的部分耗费了太多时间和精力后，无法重整旗鼓，开始故事的后半段。

就这样，仿佛一个迷路的人走入了来时的路，再次陷入迷茫中。

很多人在这里耗费了时间，信心受到打击，就此偃旗息鼓，留下了一个未完成的故事，再也没有续写的打算。

看到没有，这类神话故事和传说中的人物，就是生活中写作者的比喻！

这就是好的故事。

正是这些故事告诉我们这些写故事的人——千万不要回头！

不论在写的过程中如何不满意，你要做的，就是继续往下写！

在所有的方法里，最好的方法就是写！

其他方法都是为了写而生的。

结尾不要纠结，只需要完成

不管前面出现了什么状况，只要坚持继续写，总会写到结尾的。

身边从事写作或者爱好写作的人中，不乏因为没有想好结尾而没能开始或者没能完成一个故事的。

如果是收集来的故事，结尾已经确定，大多不需要写故事的人思考和加工。尤其是刚开始写故事的时候，尽量不要急于修改故事的结尾。

一个故事既然在人群中流传开来了,说明这个故事本身就具有传播性,是精彩的。

不好的故事难以流传下来。

故事是一种以人为载体的无形的能量。

好故事都储存在人的记忆里。

如果一个故事没有什么记忆点,很容易在流传时丢失。

但这都不是没有想好结尾就搁置的理由。

一个故事只有在完成后,才能讨论结尾好还是不好。

很多好的结尾是在写作过程中出现的。

凡事都有例外。有的故事可能需要你来修改结尾。

什么样的故事需要你修改结尾呢?

其实这不取决于故事,而取决于你把控故事的能力。

如果你确信自己可以把控整个故事,那么,你可以修改故事的结尾。

如果不确信,建议不要随意修改。

结尾大概可以分为三种。

一种是快乐的结尾,happy ending。

一种是悲伤的结尾,bad ending。

还有一种是开放式的结尾，open ending。

没有哪个故事必须要有什么样的结尾。和人生一样，一切皆有可能。

所以，没有必要纠结结尾，选择自己最认可的就行。

有的故事甚至不需要结尾。

好的故事无须完整。

有的故事需要起承转合之类的结构技巧，要一个好的开头，一个好的结尾。但是"法无定法"，以你最舒适、最擅长、最喜欢的方式来写故事，才是最好的方法。

既然故事可以没有结尾，也不需要完整，那么，怎样才算把这个故事讲完呢？

可以想象一个场景，你和朋友坐在一起聊天，说起了这个故事，当你觉得自己该说的都说完了，那就是故事讲完了。

朋友若是问起故事中的其他问题，你答不上来也没有关系。

你会说："那我就不知道了。"

写故事的时候也可以这样，如果你觉得故事还有其他线索没有写完，或者本来你就不清楚，那么，你可以在故事的结尾写一句"其他的我就不知道了"。

这也是一种结尾。

怎样修改故事

好的,到这里,你已经完成了一个故事。

如果你重新看一遍,也许会比较满意,但是更大概率会发现一些不满意的地方。

于是,你想修改这个新鲜出炉的故事,让这个故事变得更好。

那么,问题来了,作为一个新手,该怎样修改故事呢?

对许多作者来说,写稿子容易,改稿子难。因为写稿子的时候想到什么就写什么,基于本书中一直强调的"先写完再说"的原则,写故事的过程是相对自由的,除了故事本身,不用考虑太多其他的问题。

修改就不一样了。

修改是为了让故事变得更好。

因此,修改要考虑的问题就更多了。建议从以下几个方面来修改你的故事。

1.明确立意

简单地说,就是你为什么要讲这个故事?是因为要表达什么价值意义吗?比如,这个故事是为了告诉人们要多做善事,那么,你可以想一想,这个故事表达清楚这个意思了吗?最后做善事的人是不是有一个好的结果？如果没有表达清楚，这个人的结局并不清晰，那么，你要将这个人的结局写得更清晰。在故事中，也要尽量保证没有违反这一目标的内容。

如果你仅仅是为了讲一个有趣的故事，没有刻意拔高或升华，那么，你想一想，这个故事有趣的部分是不是全部体现出来了？

寓言故事都是有寓意的。一个故事即使不是寓言，也应该有它的目的。

王国维在《人间词话》里提出了"境界说"："词以境界为最上。有境界则自成高格，自有名句。"诗词的字句再好，没有好的意境，也难成佳作。这便体现了立意的重要性。虽然这里说的是诗词鉴赏，放到写故事上也是一样的道理。

明末清初的思想家王夫之说："无论诗歌与长行文字，俱以意为主。意犹帅也，无帅之兵，谓之乌合。"这也强调了写作中立意的重要性，没有立意，写出来的文字就是"乌合之众"。

建议写作者看一看《人间词话》，里面关于作诗和鉴赏的理论，跟写故事和评价故事的方法几乎是一样的。

2.明确定位

第一，要明确你的故事是讲给谁听的。

这有助于你决定哪些内容是必要的，哪些可以删减或修改。

读者可以按照年龄分类，也可以按照性别、职业、爱好等分类。

你要大概清楚，看你的故事的人都是什么样的。

你的故事风格，是否适合他们？

第二，你要明确自己的定位。

作家可以分为儿童文学作家、科幻作家、寓言作家、悬疑作家、历史作家等。

通过明确定位，反观你自己和你写的故事，也能更加清晰地判断故事应该有的语言风格，从而进行修改。

思考清楚了你要写给谁看，或者明确了你要写什么类型的故事，修改的时候就有了标准和参考。

3.结构组织

检查故事的结构是否清晰，段落组织是否合理。确保每个部分都紧密围绕你的立意展开，避免离题万里，说太多与故事主题毫不相关的话。

重新梳理段落或章节，让故事更流畅。

4.故事深度

依我的浅见，故事有没有深度，没有那么重要。但是在多数人的认识里，好像有深度的故事更胜一筹。如果你也这么认为的话，修改的时候可以考虑一下故事的深度，进行一定程度的升华。用一个故事，挖掘出人性的某一方面，或者赋予其一些社会价值，这就使故事不仅是一个故事。如果是给传统杂志投稿的话，这一点似乎更重要。

不过，尽量不要强行上价值。如果故事本身就具备这方面的潜力，可以适当提升。

如果你决定上价值的话，建议适当考虑社会当下的议题，如养老、教育、人际关系等，而不是针对早已过时的问题，老生常谈。

5.语言风格

首先，要尽量有自己的语言风格。每一个成功的作家，都是自成一派的。有时候不看书名和作者，只看一段话，读者也能猜出大概是哪个作家的作品。即使是同一个风格的作家，在细节处理上也是不同的。

其次，整个故事的风格应该是统一的。尽量不要在同一个故事里，出现两种以上的风格。

最后，不要刻意给自己一种风格。风格应该是你本就习惯或者擅长的方式，尽量不要抛弃自身的风格，强行去模仿某一种风格。这样很容易变成邯郸学步。

6.注意语法

仔细检查语法错误，确保句子结构正确。

有的好文章可能并不完全符合常规语法，却能写出惊艳的效果。比如贾平凹的散文里有个令我记忆深刻的句子：没月光的夜消失了房子的墙。

乍一看，好像语法有问题，但是细细一品，别有风味。

又如古诗里"春风又绿江南岸"，这个"绿"字，看似不符合语法，却巧妙得很。

作为新手，仍然要尽量遵守常规语法，如果刻意，很容易弄巧成拙。

如果有巧妙的写法，试一下未尝不可。

7.情节合理

确保故事里的人物性格一致，动机清晰。不要前后判若两人。

要检查情节是否合理，尤其要注意高潮部分和转折处。

8.预先阅读

自己先阅读一遍或者更多遍。

然后给你觉得合适的人阅读，向他人寻求反馈，了解他们对作品的看法和建议。如果他人发现故事里有硬伤——毋庸置疑的错误，就要修改；如果不是硬伤——可改可不改的，自己斟酌，不一定要听所有人的意见。

9.多次修改

不要期望一次性完成完美的作品。多次修订是提高写作质量的关键。

但是故事不是修改得越多就会变得越好,自己要把控好度。过度的修改会让故事扭曲破碎,也可能影响自己的心态。

10.过一段时间再看

在完成初稿后,可以放下来,过一段时间再看看。这样更容易发现需要改进的地方。

11.保持耐心和开放心态

修改是一个反复的过程,需要耐心和开放的心态。既接受批评,又要有自己的主见和坚持。

国内有个知名作家宣称自己交给编辑的稿子,不允许修改一个字、一个标点。这是他对自己作品的自信,也是对作品风格的坚持。

作家余华在一次采访中说,有个编辑看了他的稿子,觉得这个故事的结尾太灰暗了,希望他将故事的结尾改得光明一些。

余华回复说,只要你答应发表我的稿子,你要多光明,我就改得多光明!

由此可见余华保持着开放的心态。毕竟一个故事到底好不好,每个人都有自己的角度和看法,见仁见智。

如果你写的故事本来就是为了投稿，赚取稿费，那么，你可以尽量听取编辑的意见，进行修改。尤其作为新手，更应该多听听专业人士的建议。不过还是那句话，你要吸收的，是对你有益的东西。

《不安的哲学》里有这样一段话：

> 作为"独立的个体"，一个人要坚持自我，不过分在意他人的评价；要影响他人，同时也被他人影响。
>
> 一方面，要在接受他人影响的过程中仍然保持自我；另一方面，要在接受他人影响的过程中形成新的自我。
>
> 唯有如此，才能产生"个性"与"自信"。

这段话很适合作为听取他人意见后修改故事的"哲学思想"。

修改故事是逐步完善故事的过程。要保持积极的态度修改，又不能过度修改。

这个世界没有完美的人，也没有完美的故事。无论怎么修改，总会有一些缺憾。现在没有缺憾，以后回头看，或许仍然会有缺憾，恨不能再修改一次。

当你明白了无论写到什么程度，都可能想要修改的时候，你就会接受现在写出来的故事的模样。

只要当下的你觉得不能改得更好了，就可以停止修改。

多年后，当你再次看到这个故事，觉得可以改得更好的时候，说明你又进步了。

其他相关问题

1.字数的问题

很多人会纠结于一个故事的字数。是几百字好，还是几千字好，或者是更多？

是写一个微小说、短篇小说，还是中篇、长篇小说？

尤其是以前没有完整地写过一个故事的新手，由于此前的写作训练基本是语文课上的作文，以八百字为限写成了习惯，从构思故事开始就习惯性地把字数框定在八百字左右，写少了不习惯，写多了没有把握。对想写长篇连载的人来说，这就是"瓶颈"，难以突破。

当下网络小说中常见百万字、几百万字这种超长小说，尤其是男频类小说。女频类小说通常也在三十万字以上。

常规出版的小说，因为开本、定价的约束，以十几万到二十万字为佳。

如果一本书是故事合集，那么，单篇字数可以从几千到几万不等。

倘若发在微信公众号、小红书、微博之类的社交平台上，字数就没有那么多限制了，几百字也行，上千字也可，更长的内容可以做成多个截图发布。

综上所述，故事的字数按照不同的情况有不同的考虑。

在我看来，首先要考虑的是，你擅长写多少字，或者说，目前你能有把握写多少，就写多少。

其次才是你要在哪里发布。

如果你的目标是自己不那么擅长的，建议还是先从擅长的领域开始，通过不断地写作练习，逐渐靠近你的目标。

那么，一个故事的字数到底以多少为好呢？

当然是将这个故事完完整整地讲完为好。

这看起来像是一句废话。

其实不是。

作为新手，当然要先讲完一个故事，讲好一个故事。

不要考虑字数少了还是多了，而要考虑你想讲的是不是都讲出来了。

在写这个故事的过程中，也不要考虑哪里有遗漏，哪里没讲到。

先将你的故事一口气写出来。

就像对面坐着一位听众，你一次将故事讲完。

记住，首先是完成故事。

不管有什么问题，完成之后再说。

不管字数有多少，完成之后再说。

完成之后，你回头看一遍，如果可以，朗读一遍。

是的，你最好朗读一遍自己写的东西。俗话说，读书百遍，其义自见。写作也是这样，你要表达的内容，很有可能你自以为已经表达清楚了，实际上读者根本没有理解，或者说，你的表达太含糊，在写作过程中根本无法体现出来。

在朗读过程中，你还会发现一些遣词用句的问题。哪里不够通顺，哪里不够有感情，哪里不够细腻，哪里句子太长，哪里句子太乱，一读就清清楚楚。

有很多著名作家写出作品之后会朗读一遍，或者很多遍。有的作家会大声朗读自己的作品，他们不仅是检查作品中的问题，还要作品读起来朗朗上口，有韵律，简直跟古代诗人讲究平仄和韵律一样。

莫言老师说，他的《檀香刑》取材于茂腔，里面很多句子押韵，读着读着可能会唱起来。

很多外国作品也有韵律，也是朗朗上口的。只是在翻译之后，读起来可能就失去了原有的韵味。所以，有的外国小说最好去读原版，才能体会其精妙。

刚开始写故事的作者暂且不需要给自己提这么高

的要求。

在故事完成得比较好的基础上,可以再去追求朗朗上口和韵律之类的更高的标准。

总之,最好将写出来的文字读一遍。读的时候,你已经转换了角度,成了一个读者。

换一个角度,你很可能发现自己作为作者时没有注意到的问题。

发现了问题,你就可以针对性地去修改,去删减,去扩写,使文字愈加准确和精炼,故事愈加完整。

这时候,字数就成了一个可有可无的问题,多或者少,都要以故事的完成为基础。

有人问,我是奔着写长篇小说去的,结果这个故事写完了也读过了,但篇幅离长篇小说有十万八千里,怎么办?

如果是这种情况,说明你这个故事本来就没有办法支撑起一个长篇小说。

或者说,你对故事的把控度目前就在这个篇幅范围内,要想写得更长,你需要更多的练习。

在后续的写作练习中,你需要逐步去扩充故事体量,丰富故事人物,构建故事情节。就如同做拉面,一次又一次地拉伸、抻长,如此反复,而不是从一团面直接拉成一碗面。

有些作者会在第一次写故事的时候,就写出一个非常好的长篇小说。这种例子并不少见。

写作这回事就是这样，你总要先试一试。说不定就行。

如果第一次做不到，也不要灰心丧气，每个人擅长的都不一样，思维也不一样，需要的时间更不一样。

有的人计划写长篇小说，可能写着写着发现自己更擅长写短篇小说。有的人计划写短篇小说，可能写着写着收不住，写成了长篇小说。

不要做过多预设，尤其是在开始的阶段。放手去写就是了。

在这里，分享一下我的个人经验，供君参考。

最初，我也把握不了长篇小说，只能写一些字数较少的短篇小说。

后来我想写一部长篇小说，便将之前写的几个小故事串联了起来，形成了由一个主人公穿插其中的连贯故事。

写完那个由短篇故事串联而成的长篇小说后，我决心写一部有核心故事的小说，从字数和形式上，更加符合长篇小说标准。

由于之前写过许多小故事，也写过组合形式的长篇故事，这时候我对人物的把握、故事节奏的掌控相对成熟了，所以顺利地完成了第一部更像长篇小说的作品。

完成一部长篇小说之后，我对小说的写作更有把握和经验了，之后又连续完成了四五部长篇小说。

写作的方法有许多种，我的方法只是其中一种。可以试试看，如果奏效就继续，如果不奏效，还是要以自己适应的方法来写。

如果总是习惯以应试作文那种八百字的方式来写，也不是不行，多写一些八百字的小说，渐渐会对此前的写法有更多的感悟，也就能自如地做出一些调整，从而找到更好的方法，摆脱字数的困扰。

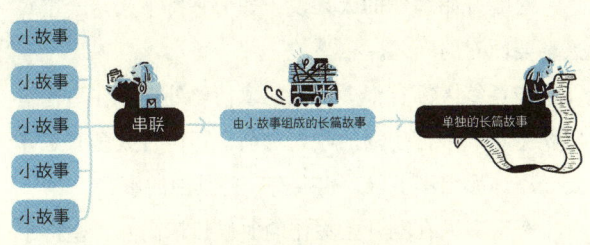

从短篇到长篇的写作经验

再者，目标也可能随着你的写作发生变化。

原来你计划去某个平台写超长篇小说，写了一段时间，你发现短篇小说更有意思，也能写得更好，这样顺势走上了写短篇合集的方向，也未尝不可。

原来你计划在自己的账号上写一些小故事，写了一段时间，你发现长篇小说才能满足你的表达，你也能够写出那么多，不知不觉写了十几万字，转而去原创网站签了约。

最终，字数还是要根据你的擅长方向和适应程度而变化。

在开始写作的时候，字数或许是个问题，但是只要你坚持写下去，终将找到自己的写作方法。那时候，字数不再是问题，而是答案。

我们不是在讨论字数，实际上，我们讨论的是怎样找到最适合你自己的写作方式。

2.坚持的问题

对刚开始写作的人来说，如何坚持下来是一个每天都要面对的问题。

毕竟每天都有很多其他的事情要处理，在写作可以获得足以维持生活的收入之前，写作者大多有工作要处理。哪怕不上班，也会有一些其他的事。

有很多人在刚开始写作的时候热情高涨，坚持了一两天，就坚持不下去了。

也有很多人在写完第一句话、第一段，或者第一篇的时候热血沸腾，信心满满，但是很快就如泄了气的皮球，转而做其他的事情去了，将写作抛在脑后。

其实，要面对这个问题的不只是刚开始写作的人，绝大部分职业作家也要与自己的惰性和复杂的生活对抗。

那么，怎么对抗呢？

我的建议是，将长远的目标分解成每天的小目标。

(1) 目标字数

你可以给自己设定每天要完成的字数。考虑到刚开始的时候可能写得比较缓慢,可以先设定每天三百字。

不管写什么内容,写得好不好,满不满意,先完成字数目标。

一般来说,无论你从事什么工作,写完三百字应该都不算难。

这三百字你可以手写,可以在电脑上写,可以用手机写。

写到三百字,今天的任务就算完成了。如果写完之后还想写,还有灵感和余力,你可以多写一些。

一旦你觉得没什么可写的了,马上停下来。

第二天,无论如何,你还是要先完成字数上的目标——三百字。(这里只是以三百字为例,你可以自己设定一个相对合适的字数,前期建议不要太高。)

同样,只要达到了三百字,你可以马上停止。

但是如果你有余力和心情,可以多写。

只能多,不能少。

一天一天地完成下来,在字数上,你会积累得越来越多。

形成了这样的习惯之后,你再看看是否能提高目标,比如每天四百字或者五百字。

如果不行,那就依然保持每天三百字。

其实，如果你能保持每天写出三百字，一个月就有九千字，一年就能写十一万字左右，够出一本书了。

除了遇到不可抗力，千万不要给自己任何借口停下一天两天。人是有惰性的，今天有这个借口，明天就有那个借口，最后导致这个小目标也无法坚持下去。

总之，不要给自己任何借口。

对专业的写作者来说，写作或许已经变成了一种生活习惯。但是对刚开始写作的人来说，这是一个与自己的惰性作长期斗争的过程。只有战胜了惰性，才能将写作这件事情坚持下去，从而使得写作渐渐成为一种日常习惯。

现在很多原创网站或者APP上的网络签约作者每天至少更新一章，一章大约三千字，遇到上架、强推等情况，要一天更新两章甚至更多。这样的写作强度看起来非常大，但是，不试试怎么知道做不做得到呢？有一些网络知名作者每天能写一万字。

在这里举这个例子，并不是建议大家以这样的写作强度来要求自己，或者以这样的字数为目标，而是有的人可能一开始就有写作的天赋，只是以前自己没有发现，一旦进入写作状态，或许会发现自己本来就有这样的能力。

写作，也是发现自己的过程。

说不定你会发现一个全新的自己。

从这个角度来说，即使你不打算以写故事为职业，也未尝不能写一些东西。

（2）目标内容

确定了每天必须完成的字数，马上面临的问题就是——写什么内容？

推荐两种解决办法。

一个是定向写作。

一个是分散写作。

定向写作，即确定一个题材，每天连续写。

先确定一个你目前最有兴趣去写的故事题材，每天写到达成你的字数目标。在写的过程中，一边完成，一边思考。在完成了字数目标的基础上，写到你觉得暂时想不出后续情节了、没有什么灵感了、吃力了，就停下来。

每天这样写，直到有一个完整的故事结尾。

如果你觉得每天断断续续地写，无法完整地写一个字数比较多的故事，那么，你可以写零碎的片段，但是整体要有一个比较凝聚的核心的故事。

比如《俗世奇人》，作家冯骥才的这部作品里，写了许多天津卫的奇人。一篇文章写一个人，彼此之间没有直接的联系，但人物有共同的特点——是天津卫的人，并且比较奇特。

又如《阅读是一座随身携带的避难所》，毛姆在这部作品里写了许多作家的生平。作家之间也没有直接的关联,但是有共同的属性——著名作家。

诸如此类的作品其实非常多。例子不胜枚举。

对绝大多数没有丰富写作经验的作者来说,一个字数超过一万的故事,即使每天完成三百字,可能仍然相当吃力。那么,这种有核心但故事分散的写法,可能会减轻压力。

为了有足够的素材用于写作,建议从身边的素材开始入手。比如,"我的朋友们""村庄里的那些人和事""奇怪的梦""上班路上见闻""我的宠物日常""无法忘却的记忆片段",等等。

确定了一个比较聚焦的核心,然后持续不断地写。今天写这个朋友,明天写那个朋友。今天写村庄里的这件事,明天写那件事……

无论你确定了什么样的方向,前提最好是你熟悉的领域。

当然,并不是要你如实记录这些内容,如果那样的话,就跟记者的工作差不多了。你可以在记录这些内容的基础上,适当发挥写作技巧和想象力,要记住,你的本意并不是限定在这个范围内,而是以这里为出发点,迈向更远的创作天地。

你要有培养自己、训练自己的意识。

你是自己的教练,要用和自己更加匹配的训练方法,让自己写得更好。

如果以上的方向你都没有什么可写的，那就定一个"每天胡言乱语"之类的方向吧，每天写一些胡言乱语，也比什么都不写要强。

是的，这样写的话，其实已经跟接下来的另一种写作方法很接近了。

分散写作，即每天写不同的题材，直到出现可以一直写的某一种题材。

有可能你不喜欢被约束在某一个题材或者话题里。

那么，你可以不确定写作的核心，你也不需要完成一个故事。

你可以漫无边际地写，想到什么就写什么，想到哪里就写到哪里。不过，有个条件不能改变，那就是你必须完成每天确定的字数目标。

同样，建议你先写熟悉的事物。今天写人，明天写树，后天写一个想法，大后天写对一本书的解读。这都没有关系。

什么东西能给你带来写作的兴趣，就写什么。

如果某天没有任何人或事能激发你写作的兴趣，你不妨像老师一样，给自己一个命题作文。

比如你拿出一本字典，或者一本书，随便翻开一页，指定一个词语，然后便以这个词语作为命题，写出三百字或者更多字数。

如果身边没有字典，也没有书，那你随便看到什么，比如一张桌子、一只鸟、一杯水，就以此为命题，完成今天的字数目标。

此处需要强调一下，在你确定自己无法按照一个方向或者一个题材坚持每天写作的情况下，才使用这种分散式的写作方法。如果能定向写作，还是按照定向写作的方式吧。

因为分散写作的最终目的，是找到你可以持续定向写作的内容。

但是，谁又说得准呢？也许这种分散写作的方法会激发更多的灵感。

所有的方法都是经验总结出来的参考，选择最适合你的那一种。

在你写作的过程中，或许会发现更好的方法，那就按照更好的方法去做吧！

对想要从事写作的人来说，坚持写作不仅是与惰性作斗争的过程，也是发现自己是什么类型的作者的过程。

很多作家在写作之前并不知道自己擅长什么类型的写作，大多是写着写着，发现了自己更加擅长或者能把握的领域。

当然，很多人在写作开始前会预设一个方向，比如写言情类，或者悬疑类、科幻类，但是在坚持一段时间的写作之后,你本身具有的天赋或者特性,会让你从原来预设的轨道上,渐渐回到你最擅长的轨道上来。

所以,坚持写作很可能成为一个双向选择的过程。

在坚持的过程中,你找到了自己的写作方向。

同时,你擅长的写作方向也逐渐找到了你。

坚持写作

3.要不要听取别人的意见的问题

这一篇的内容实际上是上一篇的延续。

很多写作新手会将自己写的东西给身边人或者相对专业的人看,希望他们能给自己一些反馈。

简单的反馈是,写得好,还是不好。

在这个基础上，如果对方能给出一些具体的修改意见，就更好了。

大多数人将自己的作品给别人看，应该是抱着这个目的吧？

出发点当然是非常好的——如果对方看了你的作品之后一定能给予鼓励的话。

但是你也会冒一定的风险——有的人可能会打击你的信心。

（1）不要完全接受负面意见

首先，打击你的人可能并不懂写作。其次，即使对方也是写作者，他也有可能对你写的类型不熟悉。

即使对方是非常专业的作者，也很可能看走眼。

有个非常有趣的例子，俄国著名作家果戈理在写了一个剧本后兴奋不已，认为自己写得非常好，十分有信心。他邀请朋友——著名诗人茹科夫斯基来家里，然后朗读自己的作品给朋友听。

读到一半，诗人朋友居然睡着了。

本来信心满满的果戈理见状顿时没了信心，一气之下将自己的手稿丢进了壁炉里。

茹科夫斯基听到燃烧的声音惊醒过来，急忙阻止他。

茹科夫斯基解释说，果戈理写得非常好，如果发表肯定会引起轰动。但是他太困了，又因为坐在壁炉旁边，身上一暖和，不知不觉就睡着了。

还有一个例子，一个科幻作家将他的第一部作品《气球上的五星期》投给出版社，结果接连遭到十五次退稿。

这一次他自己也没了信心，要将稿子丢进壁炉里烧掉。（可能有壁炉的国家的作家都喜欢用壁炉烧稿子。）

他的妻子将稿子夺了过去，劝他再投一次稿。

"或许这次运气比较好呢。"他的妻子劝道。

果然，第十六次投稿被出版社接受了，出版社还决定跟这个作家签二十年的合同。你应该已经猜到了，这个作家就是儒勒·凡尔纳。

举这些例子，是想告诉刚刚开始写作的你，你觉得不好的稿子，别人不一定觉得不好。很多人觉得不好的稿子，也不一定就是不好。

（2）不要完全接收正面意见

既然负面意见可能可以打消写作积极性，那么，如果对方给的全是表扬夸赞，是不是有益于你的写作呢？

我的看法是，不一定。

有句话叫，最怕不专业的人说专业的话。

写作本是非常个人化的创作。创作出来的内容也不是流水线商品那样可以用统一的标准来衡量的东西。

文章、故事，尤其是那些著名的文学作品，无一不是拥有独特的风格。所谓文无第一，武无第二。对"文"的看法总是见仁见智，萝卜白菜各有所爱。

武术嘛,切磋一下就分了高下。

对方对你的作品给予高度评价,甚至从具体的细节上给你明确的赞扬,这固然值得高兴,但是,你要有所保留地接受对方的赞扬,不要因为别人的赞扬而更加努力地写好对方指出的具体细节。

这不是自恋,也不是听不进别人的意见。

我记得曾有一位作者朋友写了一篇以颜色作隐喻的文章,受到了专业人士的夸奖。那位朋友赶紧又写了一篇这样的文章,里面各色东西都写到了颜色,每一段都有以颜色作隐喻的句子。这位朋友又拿去给那位专业人士看。

这一下,专业人士皱起了眉头。

过犹不及,无论是写作还是其他的事,都是这样的道理。

总之,只要是有利于你持续创作的能量,就吸收。只要是不利于持续创作的能量,就不要吸收。

与此同时,你要保持开放的学习心态,主动去提升自己,看更多的经典作品,了解更多身边发生的事。

在出版社的选题分析里,每一种书都有对应的阅读群体。简单地举几个例子,童话的阅读群体是儿童,历史类图书的阅读群体是历史爱好者,言情小说的阅读群体大多是女性。阅读群体有大有小,一般来说，通俗类小说的阅读群体是最大的。还有许多小众的细分类型小说，比如平行时空的恐怖小说、不按常理却一本正经的推理小说，甚至更偏门的类型，对应的阅读群体人数相对要少很多。

因此，你写的故事也是有对应的阅读群体的。如果你给不是对应阅读群体里的读者看，自然很难获得正向的反馈。

读者跟你一样，都有自己喜欢的类型，有的类型怎么也读不进去，哪怕别人再怎么觉得好，你也无感。

身为写作者，认识到这个情况，就不会轻易将自己写的东西给身边人或者相对专业的人看了。

4.文笔的问题

我们常听到的夸奖一个人写得好的话是，你文笔真不错！

这很可能是一个误区。

在学生时代的语文课上，我们经常会讨论文章中哪些句子写得好，哪里有排比，哪里有巧妙的比喻，哪里有伏笔，哪里前后呼应等。

于是，很多人刚开始写作的时候，总想着让自己的作品文采飞扬，或者说，总想着别人看到这些内容的时候能夸赞一句"你文笔真不错！"

在我个人的视角里，平常说的"文笔太好"的内容，大多是没有那么好的。

文笔很多时候是维纳斯之手。

据说这座著名的雕像原本有一双令人惊叹的美丽的手。很多人被这双巧夺天工的手吸引，从而忽略了维纳斯整体的美感和曲线。雕塑家一气之下故意舍去了手臂的部分。

虽然这个传说的可信度不高，但是它说明了一个道理。放到写作上来看，文笔过于突出，反而有可能让读者忽略了作品本身的魅力，除非你本来就是为了展现你的文笔。

上学的时候，作文需要体现文笔，是因为你的读者就是批卷老师。老师在很大程度上将文笔看作一个重要的得分标准，所以你再怎么突出文笔也不为过。

可是我们写出来的故事不只是给批卷老师看的，我们要考虑到许许多多普通的读者。读者不会逐字逐句批阅你写的故事。他们需要的是让他们觉得有趣的、读得下去的故事。

对很大一部分读者来说，通俗易懂的故事才是最好的。

这个时候，文笔反而是一种累赘和阻碍，如同维纳斯之手，是需要舍弃的部分。

前面我们讲过详略得当的问题，一些不需详细描述的地方，要尽量简洁。文笔也是这样。在不需要突出文笔的地方，尽量不要卖弄文笔。

比如诗仙李白，写过那么多精妙绝伦的诗歌，最广为流传的仍然是"举头望明月，低头思故乡"这类通俗易懂的诗句。

诗人白居易认为诗必须便于世人理解和记忆。

所以，他写诗的时候特别注意语言，尽量深入浅出，平易通俗。据说，他每写完一首诗，都要读给老妇人听。老妇人说能明白，他才定稿。老妇人说不明白，他就回去修改，直到修改到老妇人说能明白了才罢休。后来就有了"老妪能解"这样的典故。

这里不是说那些引经据典、意味深长的诗句就写得不好。有的诗句就是给人去琢磨、去研究的。有的诗句确实需要深谙此道的人才能体会到妙处。

但故事是给大家看的，是需要传播的。在这种故事中，"文笔很不错"这类评价极有可能不是夸赞，而是批评。

因此，如果你觉得自己写东西没有那么好的文笔，不要担心，文笔本来就没有那么重要。

如果你写作的时候很注重文笔，建议舍弃它，或者尽量少使用它，让你的故事在繁杂的文笔中挣脱出来，简单明了地面对读故事的人。

在一些类别的故事里，甚至文笔要"更差"一点才好。如果故事中的人物是个粗糙的人，那么，故事中的对话自然也应该粗糙一些才对，不然这个人物就失去了真实性。如果是以这样的人物的角度写的回忆，语句就要符合人物的生活习惯，要"有意"地写得粗糙。

怎样写得粗糙，或者说，怎样写得符合故事本身的需要，说起来是要避免"文笔"的，实际上可能也是一种文笔的体现。

这种说法有点像书法中的技巧。学习书法的人通过临摹各种字体练习，写出来的字越来越好看，但是最后，大家追求的是舍弃一切技巧，达到天真古朴的境界。有的字在外行看来甚至有点丑，但恰恰这种字体现了书法家化繁为简、返璞归真的水平。

对刚开始写故事的人来说，有文笔是优势，没有文笔更是优势！

总之，千万不要因为觉得自己没有文笔而犹豫不前、信心不足，从而停止写作。

没有文笔的人不一定比有文笔的人写得差。

文笔的进阶，是看不出有文笔。

文笔的最高境界，是没有文笔。

5. 故事的核心问题

本来这个问题应该在写故事之前就思考。

为什么放到这里才说呢？

对刚开始写故事的人来说，写完仍然是最重要的。

想这想那，想得太多，很可能会影响你完成故事。

用马云的话来说，如果我早知道做支付宝那么麻烦的话，可能就不敢做了。

写故事也是同样的道理，顾虑太多，其实不利于写完一个故事。有时候，凭着一种感觉，或者冲劲，就能完成一个故事。最后这个故事可能还完成得非常好，甚至超乎意料地好。

但是我们不能因为凭着感觉或冲劲能写出好故事，就不考虑故事的核心。

什么是故事的核心？

简单来说，故事的核心就是我们以前在语文课堂上常常要总结的中心思想。

当然，我们无须像课堂上品读一篇课文那样去总结概括它的段落大意和中心思想。

即便让文章的原作者来做阅读理解，也很可能做错。

既然如此，为什么还需要核心呢？

因为，在一定的程度上，这个核心并不是读者需要，而是写作者需要。

写作是为了表达。你既然选择了写这个故事、这个题材，那么你自己有什么样的情感，什么样的期待？

前面提到，选择写下来的这个故事，最好是让你有所触动、让你产生情绪的故事。

你要回到最初的情绪里去。那或许就是你的故事的核心。

核心可以很简单，可以很小。比如发现了生活中一个细节，它或者很美，或者很丑陋，或者很深刻，这就可以了，足够了。又如这个故事就是很奇妙、很另类、很特别，也是可以的。

与语文课堂上总结中心思想类似的习惯，还有升华。

我们在学生时代写作文，结尾的时候总是习惯"升华"一下，拔高一下。

对绝大多数故事来说，尽量不要刻意升华。

刻意的升华会破坏故事，很可能引起阅读者的反感。

核心本身没有什么高低雅俗之分，只有类型之分。

不要因为一个故事没有什么高雅的内容而觉得它不高级。不要因为一个故事没有深刻的思想而觉得它没价值。不要因为一个故事没有光辉的形象而觉得它太俗气。

核心可以是世间的一切情绪、一切人物、一切事件。

以情绪来说，你要写的这个故事，就是为了表达离别的悲伤。你就写一次与某个人离别的故事。这就够了。

如果写出来的故事没有表达出这个核心，可能是因为你写了许多其他的情绪，那些情绪扰乱了悲伤这个核心情绪，导致读者不知道这个故事是快乐的还是悲伤的，或者是平静的。当然，如果你表达的其他情绪都是为了衬托悲伤，用以前的喜悦来做铺垫，那是很好的。

以人物来说，你要写的这个故事，就是为了记录某一个人。但写出来的故事焦点模糊，可能是因为你写了许多其他的人，其他人所占的篇幅甚至超过了你本来要写的人，导致读者不知道你的核心人物是哪一个。同样，如果你写的其他人都是为了从侧面来说明核心人物的特征，那是很好的。

以事件来说，你要写的这个故事，就是为了叙述一件事情的发生。你就写这件事的起因、经过、结果，或者是截取某个片段。

尽量不要在这一件事情中，过多地掺入毫不相关的事件。

如果还是不清楚你要写的故事的核心，那么，我们做一个简单的游戏吧。

你把你想要表达的所有关键词写出来，比如奇怪、高兴、救赎、同学、父子、回忆、小时候、成长、醒悟、治愈等。

每个词语上画一个或大或小的圈。

然后想一想，如果你只能选择一个圈的话，你会选择哪一个？

你选择的那一个圈里的词语，就是你要写的故事的核心。

你将那个圈画得明显比其他圈大很多,这就是你要在读者面前展现的故事可视化的样子。

其他的小圈,实际上衬托出了最大的那个圈。这就是那些小圈的意义。

救赎　醒悟
治愈　成长
奇怪
同学

确定故事的核心

也许你会选择两个一样大的圈,没关系,一个故事也可以有两个核心。比如一个人既有光辉的一面,也有阴暗的一面。光辉和阴暗的圈一样大,这样能刻画一个人物的复杂或痛苦。

但其他的圈仍然要比这两个圈小很多。

其他圈中的内容,都要为凸显这两个核心大圈而发挥相应的作用。

如果你发现所有的圈都差不多大,这也可以,那也可以,或者你自己都无法取舍,那么,很可能是你写的这个故事确实没有核心。

如果是这样的话,你要想一想,在一个故事里,你想要表达的东西是不是太多了。

不要试图用一个故事表达所有的情绪,阐述所有的看法。

有时候,明明有写作的冲动,为什么一直没有开始?很可能是你有太多的情绪、太多的想法,像澎湃的大海一般,但是你只有一条小溪那样的出口。

不要着急,你可以将自己的内心一点一点地分类、整理、归纳,然后将每一种细微的情绪、每一件细微的事情、每一个小小的看法,分别用对应的故事表达出来。

其实,写作也是对自己的归纳整理能力的锻炼和提升,对思维的自我练习和完善。

6. 暂时不要辞职去写作

有很多人对写作这个职业充满了美好的向往。

相比其他的工作,写作看起来可能是一个相对自由和轻松的工作,甚至不算是工作。

在很多人的印象里,一个完全以写作为职业的作者,平时不需要面对上下级关系,不需要朝九晚六打卡上班,也不需要参加一些无聊的应酬,只需要看看书、写写文,拥有大把的闲暇时间。虽然没有定时发放的薪水,但是常常收到数目不菲的稿酬。

诚然,一些已经能够依靠稿酬支撑日常生活的作者确实过着这样的生活。

一些创作平台会高调宣传他们的签约作者每天收入多少，月收入多少，年收入多少，随着新媒体的普及，这样的宣传也出现在各类社交媒体平台上。

这样的作者确实存在，他们的收入也确实丰厚。但这部分作者在整体作者中的比例极低，可以说是金字塔的塔尖。

除了塔尖外，还有许许多多的作者在塔尖下面，如水面下的冰山一般庞大。

绝大部分的作者没有那么高的收入，有的作者能够维持生活，有的连基本生活都无法保障，有的甚至无法通过写作获得任何收入。

在开始写作之前，千万不要辞职去写作。

在开始写作之后，如果收入不能保障你的生活，千万不要辞职去写作。

在通过写作获得一定的收入之后，建议也不要辞职去写作。

在持续、稳定地获得足够维持生活的收入之前，不要辞职去写作。

很多写作者，尤其是传统文学类的作者，即使已经成名，其实也不是将写作当作主要生活来源的。有的作者在杂志社、出版社任职，有的在作协之类的系统里有职位。

有的人认为，完全投入写作，才能写出好的作品。

这个观点不完全正确。

在从事一项工作的同时保持写作,也有一定的益处。

第一,能保持写作的自由。

当你有一份相对稳定的职业,或者不需要通过写作来获得基础收入时,你的写作相对来说是自由的。你可以写你喜欢的题材和方向,可以自由地分配时间和精力,想调整节奏的时候就可以调整。

如果你没有基础的经济支撑,将所有希望寄托在写作上,那么,首先,你的心态可能容易失衡,产生焦虑情绪。其次,你的写作可能会更倾向听从编辑的要求、读者的偏好。因为你希望得到编辑的认可和读者的喜欢。

你会为了迎合他人去写作,从而舍弃你最喜欢的写作方法和类型。

你可能会局促,瞻前顾后,这些都不利于创作。

第二,能保持生活的视角。

当你从事一个与写作关系不那么大的职业时,你会拥有一个相对独特的视角。

不管是公司白领、手工艺者、快递员,还是商贩、歌手、银行职员、教师,你都拥有一个纯粹的作家之外的视角。

因为视角不同,你看到的世界就不同,遇到的人也不同,听到人们说的内容也不同,这些都是极好的写作素材。

故事本身也是一个看世界的视角。为了与其他的写作者区分开来，你最好拥有一个独特的视角。

比如一个城管写的《城管来了》，一个快递员写的《我在北京送快递》，一位老师写的《我的二本学生》，一个美食家写的《鱼翅与花椒》，诸如此类由特定职业从业者写出的对应世界里发生的事，简直有着与生俱来的独特的故事性。

又如，海明威做过记者，卡夫卡是保险公司职员，施尼茨勒是医学博士，《白鲸》的作者麦尔维尔曾是水手，福克纳做过邮政所所长。

中国的作家里，有的做过牙医，有的做过银行职员，有的当过兵，有的教过书。很多作家并不是一开始就以写作为主业的。

并不是说，有过不一样的经历，就要写这个类型的故事或者小说。而是，人在不同的经历中，会积累很多不同的感受。这是写作特别需要的，如果要写出更好的故事，这些不同的视角和感受尤其重要。这是除生活收入之外的另一个非常重要的考虑。

你要充分运用你的独特视角。或许写第一个故事的时候，你就会因此而与众不同，给人耳目一新的感受。即使第一个故事没有写出你的特色，后面也总有机会。这将成为你的养分、你的风格。

那么，什么时候适合专职去写作呢？

当你通过写作获得了稳定的收入，并且你觉得你可以持久地写下去，同时工作已经影响到了你的写作，这个时候，你可以考虑专职去写作了。

通过写作获得收入，不是只有获得稿酬这一种方式。

你可以自己建立一个新媒体账号，如果账号做得不错，可以获得平台给的流量费，可以接一些广告从而获得广告费，还可以授权给第三方去做有声读物，获得稿酬之外的收入。

对有的写作者来说，稿酬可能不是主要收入。

写作者有的做了读物博主，有的做了生活博主，有的做了纯故事博主，有的做了旅游博主。这些都需要一定的写作能力，也需要讲故事的能力。

有句话叫"故事统治世界"。如果会写故事，其实并不是只有写作这一条路可以走，而是可以做很多纯写作之外的事情。

在你还不具备写好一个故事的能力之前，在你还没有发现自己具备这种能力之前，在你还没有通过这个能力获得稳定报酬之前，建议不要舍弃眼下的工作，投入一个尚不明确的领域。

第 5 章

传播故事

你终于完成了一个故事，然后呢？

有的人写故事，可能是出于爱好，或者为了表达，或者为了记录。这种纯粹因为自身需要而写的人，不太有传播故事的需求。

有的人写故事，是为了发表，为了让更多人看到，或者为了稿酬。这种关注故事本身价值的人，就要考虑如何将自己的故事传播出去，并获得认可。

这本书的读者，我猜大部分不是科班出身的。所以，我在这里和大家分享一下我了解的投稿途径。相比以往门槛较高的文学期刊，现在的写作者拥有更多元化的选择。

下面列出的投稿途径，排名不分先后，请按照个人情况选择。

刊物

这是最传统的发表方式。

这类刊物对文章或者故事的要求比较高，越是知名的刊物，要求越高。如果你想在这类刊物投稿并发表，建议先购买这份刊物，阅读并了解该刊物需要或者偏爱的内容和方向。有的侧重纯文学，有的偏向文学性，有的喜欢故事，有的喜欢生活琐事，不一而足。

了解这份刊物后，如果你觉得你写的故事也是类似的风格,那么投稿试试吧。

至于哪些刊物是什么风格,应该怎么区分,需要你自己去做功课,这里就不一一举例了。

作为刚刚开始写故事的人,建议优先向接近自己水平和风格的刊物投稿。

如果你的故事足够好,但是刊物没有录用,很可能是你对刊物的定位没有了解清楚。

并不是你的故事写得足够好,刊物就一定会发表。

如果你不知道怎么向这些刊物投稿,可以在买来的刊物上寻找投稿邮箱,或者在网络上搜索投稿邮箱。

这种发表方式,相对来说耗时比较长,发表频次比较低,难度比较大,但受认可程度比较高。

实体出版

如果你的故事篇幅、数量不够支撑起一本书,或许可以与其他作者一起,以合集的形式出版。

这样的短篇故事集一般是出版社或出版公司来选择和收集的。你可以在网上搜索相关的征稿启事,或者参加一些短篇小说比赛。

马来西亚华语作家,《流俗地》《野菩萨》的作者黎紫书在其作品的自序中说过,她仔细研究过许多短篇故事或者短篇小说的征稿启事,会看哪些风格是自己擅长的，介绍信息里的评委都是谁。这类比赛的评委大多本身就是作家，出过一些作品。她会将评委的作品找来阅读，揣摩评委的喜好，查一查以前他们评出来的获奖作品都是什么风格和主题。经过这样的研究之后，她会"投其所好"地写一些作品，作品的类型甚至不限于小说。为了获得关注，她还会投散文、诗歌之类的作品，尽可能地增加获奖的概率。

后来她不断获奖，成了有知名度的作家。打下这个基础后，她开始写一些不为了获奖而写的作品。

这是非常值得我们新人作者学习的案例。

如果你的故事足够支撑一本书的体量，可以尝试单独成册出版。

如果短篇故事足够多，可以出自己署名的短篇集。如果一个故事足够长，可以出一本长篇小说。

操作方法跟上面类似。不过参赛不是唯一的途径。你可以一边参赛，一边联系专门的出版机构。

出版机构和作家一样，有很多分类，擅长的领域各有差别。有的擅长财经类读物，有的擅长通俗小说，有的擅长传统文学。

就小说这一类型来说，出版机构也有分别。有的擅长言情类，有的擅长悬疑类，有的擅长历史类。

如果向这些机构投单独出版的作品，就如作家黎紫书一样，最好先去了解这些机构以前出版过什么样的书，这类书的知名度怎么样，销量怎么样。如果可以，再了解一下他们有哪些品牌，有没有熟悉你这个类型作品的团队和编辑。

有过类似作品经验的机构，有更大概率做好你的作品。

好的作品，往往是作者和出版方双向奔赴。

新媒体账号

新媒体兴起后，一些个人账号具备传统刊物的属性，冲击了传统刊物的市场，影响力比一些传统刊物还要大。

目前来看，这些账号主要是微信公众号和小红书账号，另外还有一些平台设立的原创内容号。随着网络技术的变化，账号会在各个平台之间迁移变化。

这类新媒体账号，有的只发表号主自己的内容，也有很多账号需要其他作者来提供内容，尤其是一些故事号。

与给传统刊物投稿类似，如果你想给新媒体账号投稿，最好先了解一下这个账号以往发表的内容，看看自己写的内容是不是跟这个账号需要的内容匹配。匹配度越高，发表的可能性就越大。

要联系投稿也比较方便，最简单的方式是在账号里留言询问。比如，微信公众号直接发消息即可，小红书则是发私信。

有的账号会发布选稿规则和具体联系方式。

一般来说，阅读量越高、影响力越大的账号，稿酬越高。

如果对自己的故事有信心，可以优先向优质的账号投稿。

如果对比之后觉得自己的故事可能不够好，也可以先给一些普通的、小一些的账号投稿。等写得更加顺畅了，再给更优质的账号投稿。一步一个脚印慢慢来。

只要坚持写，保持阅读，肯定会越写越好的。

如果你的故事足够多，你又足够有耐心，可以自己创建一个新媒体账号。比如开一个微信公众号或者小红书账号。

通过长期写作，故事积累起来，关注你的账号的人会越来越多。或许你就有了一个聚集起一定数量读者的账号，也可以接受别人的投稿。

当你的故事阅读量越来越高，具有一定的影响力之后，你可以得到平台的一些流量分成，可以接到一些广告。

这样的话，或许你可以通过写作获取较好的收入。

我有一个朋友，平时喜欢记录一些生活中的小事，略加修改，编成一个个有趣的故事。这些故事零零碎碎,没有归纳,也没有分类。但是他一直坚持写。

大约半年后,我发现其中一个故事写得非常好,于是建议他建一个公众号,在公众号里面写,这样可以让朋友圈之外的人看到。

很快,他的公众号被很多人转发,阅读量越来越高,从最初的寥寥几个点赞,变成了几百个点赞。我最喜欢的那个故事有几万的阅读量。

没过多久,出版社的编辑找到了他,用他那篇故事的名字作为书名,给他出版了一部短篇小说集。

他转而开始专门创作故事。

为了保持更新,他也接受别人的投稿。

现在他不仅可以通过出版获得稿酬,还可以通过公众号获得其他报酬。有的出版方有新书出版,会寄给他宣传,并支付一定的宣传费。有的书他自己比较喜欢,也接受分销,帮忙推广的同时获得不错的佣金。

类似他这样的例子不胜枚举。

我在很早的时候申请过一个新媒体账号,零零碎碎发过一些小故事和随笔感想。那时候我还在连载百万字的长篇小说,没有时间和精力专门做一个账号。

这个朋友劝我好好运营自己的账号。

我感觉超长篇幅的长篇小说连载起来压力太大,并且我也有很多小的灵感冒出来,想写一些几千字的短篇故事。于是,在长篇小说完结之后,我也开始尝试运营自己的账号。

关注我账号的读者偶尔给我讲一些自己的事情。征得读者的同意后,我将那些讲述的内容稍加修改,也发在那个账号里,与其他人一起分享。

渐渐地,这个账号做得不错。

我从这些擅长写故事的读者中选择了一些写得不错的,指导他们继续写,并将他们推荐给出版方,出了合集。随后我将这些故事推荐给原创平台、有声平台等,让他们的故事尽量获得更多的收益。

这本书中的很多经验,是我在亲力亲为的过程中思考总结的。这些写作者中的大部分人原来干着其他的职业,并不写什么东西,但是通过引导和练习,他们有的写了上百篇故事,现在仍然在写,并且写得越来越好。他们也拥有了属于自己的读者群体。

这是一个对会讲故事、会写故事的人非常友好的时代。我相信,你们身边不乏这样的例子。你们在网络上也常看到这样的人。

无论你是学生还是上班族,是年轻人还是退休老人,是为了收入还是打发时间,都可以通过写作建立自己的账号,甚至打造出属于自己的IP。有的人甚至可能因此走上不一样的人生道路。

网站或者App

原创网站和App比比皆是,但是鱼龙混杂。

如果你想写一个特别长的连载故事，那么原创网站可以作为一个选择。以前很多人在起点中文网写连载，现在番茄小说网炙手可热。这十多年来，有的网站红极一时，有的网站渐渐没落，但是创作者一直都在，他们从一个网站流向另一个网站，有的作者风生水起，有的作者淡出江湖。其中不乏年收入上百万甚至更高的作者，不过他们是金字塔塔尖一般的存在，在整个写作者群体中占比非常低。

在原创网站连载的话，创作者会面对极大的压力。为了让读者热情不减，很多作者每天至少要写三千字，来维持稳定的更新频率。与此同时，身体也要承受相应的负荷。

如果你写的是短篇，压力就会小很多，因为不需要天天连载。但是，原创网站上的短篇小说很难获得较好的收入。这也是相对而言的。有的网站或者App的短篇小说做得很不错，比如知乎、番茄小说等。

有的App会接收短篇和长篇小说投稿。建议刚开始写故事的人去试一试，但是目前来看，这类投稿基本没有什么收益。

我认识的朋友里，有人写了一篇几万字的故事，因为平台刚好重点推荐这类短篇而获得了几十万元的收益。也有人原计划写长篇故事，结果写了十几章就被影视公司看中，售出影视版权，而后转写影视小说去了。

无论是出版方，还是影视公司，都会有相关的人士持续关注他们喜欢的类型，只要有符合他们口味的内容出现，就会找到作者，进行合作。

同样地，只要你能写出一个好故事，就会被发现。

好故事不会被忽略。

会写好故事的人，只要去尝试、去坚持，必将实现自己的价值。

总的来说，你要根据你写出来的故事选择对应的平台发表。你要经常审视自己写出来的东西，而不是一味地去跟风。如果你确实没有清晰的方向，那跟风也未尝不可。

以上几种传播故事的方式实际上是相通的。只要能写出好故事，无论是传统刊物、出版社还是网络平台都会抛来橄榄枝。在网络或者刊物发表的数量比较多之后，往往可以出版实体书。出版了实体书，传统刊物也可以摘选发表。如果你不愿意主动去寻找发表机会，那也可以在新媒体账号上发表故事，只要能写出好故事，传播开来是自然而然的。

第6章

精进故事

无论你刚刚写完的时候有多么满意，当你再次阅读自己作品的时候，总会觉得有一些地方没有写好，或者本来可以写得更好。

这说明你的写作水平在提升。

怎样才能让自己的写作水平快速提升，乃至持续提升？

保持阅读

几乎所有的作家都会给出这个建议。阅读哪些书呢？

一般来说，写故事的话，自然是阅读故事类的书籍比较好。不过，其他类别的书或许有意想不到的作用。

不仅仅可以读通俗故事书或文学书籍，还可以读历史类、科幻类、漫画类，或者是科技、时政、经济、音乐、美术等看似与文学不太相关的书籍。

如果拘泥于故事书或者文学类书籍，很可能会造成观点失之偏颇、眼界不够开阔的问题。

毛姆曾说："我阅读能够得到的任何书籍。我的好奇心极为旺盛，我既愿意去读有关普罗旺斯诗歌的论著或是圣奥古斯丁的《忏悔录》，也同样愿意去读秘鲁的历史或是一位牛仔的回忆录。我想，这使我得到了一定数量的一般知识，对小说家的写作还是有用的。你永远都不知道,一点偏离正轨的冷僻知识什么时候会派上用场。"

村上春树说:"优秀的小说也罢,不怎么优秀的小说也罢,甚至是极烂的小说也罢,都不成问题。总之多多益善,要一本本地读下去。让身体穿过更多的故事,邂逅大量的好文章,偶尔也邂逅一些不太好的文章。这才是至关重要的作业。它将成为小说家必不可缺的基础体力。"

当然了,也没有必要刻意去阅读某一类书籍,除非你发自内心地喜欢。

一些被推崇的书,如果你实在不喜欢,也不是非读不可的。

一些不被推崇的书,如果你喜欢,那就看看。

还是以自己的喜好为出发点比较好,这样有助于让自己保持阅读的习惯。

如果你发现了一篇你非常喜欢的文章,你可以留意这篇文章的作者,将这个作者的其他文章或者作品找出来阅读。

我高中时读了贾平凹的《怀念狼》,而后几乎将贾平凹当时已出版的作品看了个遍。那时候只要看到一本让我入迷的书,我就会去寻找那个作家其他的作品。后来看了加西亚·马尔克斯的《百年孤独》,我又到处搜罗马尔克斯的小说来阅读,并将同类的魔幻现实主义作品对比阅读。在阅读过程中,渐渐体会到为什么这个作家写得比那个作家好，好在哪里。有时候也分不清究竟好在哪里，但就是能感觉到不一样。

这种体会就如我们学英语的时候老师强调的"语感"。说不清，道不明，但是隐隐感觉得到差别。

体会到了差别后，在自己写故事的时候，也能感觉到自己写得到底好不好。虽然还没有给读者看，自己心里已经有了一点底。

除了文学作品，依我个人的见解，可以重点看一些哲学书。

作家刘震云说过，文学的底色是哲学。

一个故事到底有没有底蕴，是不是有价值，会不会打动人，能不能流传开来，很大程度上取决于这个故事是否蕴含了一些哲学底色。

有了哲学底蕴，故事就会变得有深度，就会与普通的故事不一样。

刘震云还说，哲学停止的地方，文学出现了。

照我的个人见解，其实这说的还是哲学。很多哲学问题是没有答案的，可是人们总是想要追寻答案。文学往往可以给出一个模糊的答案，或者是感受上的答案，或者是一个不是答案的答案。如同古人遇事不决读《周易》。《周易》里并没有直接的答案，但是它会让你明白一些道理，从而变得不纠结了。

比如，我们常常听到这样一个故事，有个人遇到困惑，于是去找一位禅师解惑。等那个人说完自己的问题，禅师并不会直接告诉他该如何做，而是这样回答他："我给你讲个故事吧……"故事讲完，那个人就悟了。

禅师自然是懂哲学的，但是他仍然要通过故事来给困惑的人解答。

哲学往往要通过故事讲出来，人们才会理解。

故事往往需要哲学作为灵魂，故事才能深刻。

以我自己的作品为例。我写的《皮囊师》，表面讲的是人人可以通过皮囊术变美，实际上讲的是容貌只是外相，是梦幻泡影；写《操控师》，表面讲的是一种可以操控人的邪术传说，实际上讲的是真正的爱是不操控；写《长命女》，表面讲的是一个像鱼一样过一段时间就会忘记一切的人，实际上讲的是如果再来一次，相遇的人依然会相遇，相爱的人依然会相爱；写《画眉奇缘》，表面讲的是"我的姥爹"遇到了一系列离奇事件，实际上讲的是一个人最大的敌人是自己；写《小白与老罗》，讲的是无论做人还是做妖怪，并不是与生俱来的，而是可以自己选择的。一个影视公司的负责人听我说了《小白与老罗》的立意，就立即买下了小说的影视版权。

我们中国的传统故事里，如买椟还珠、守株待兔、掩耳盗铃这些流传广泛的故事，无不蕴含着人生的哲学和意义。

或许你会问，如果我习惯纯粹记录故事本身，从来没有思考哲学问题的习惯，或者不知道如何思考更深层的问题，该怎么办呢？

我的回答是，既然我们的故事是从真实生活中取材的，那么，无论是邻里吵架、婆媳关系，还是谋杀暗算、爆炸性新闻，既然发生了，就有其发生的原因。

你在看到事件本身的基础上，稍稍想一想故事中的人物在生活中会遇到什么样的事情，哪些事情会促使他在故事中有这样的表现，然后再想一想，他的生活是不是代表了一部分人，这个故事是不是同样会发生在这一部分人身上。通过这样的思考，通常会发现一些故事之外的东西。这些东西，就可以称之为哲学。

而看哲学书，是为了让思考过程变得更为清晰，从而辅助你挖掘故事的层次。

一个故事想要更加精进，在故事本身足够吸引人的前提下，如果能有哲学作为底色，会变得更好。

如果这个哲学问题能引发读者思考，那就更好了。

除此之外,也可以看一些写作技巧类的书。比如《剧本》《故事》《对白》这类相对专业的指导书。

在我看来,写作并没有专业和不专业的区分。有的人从来没学过写作,但一旦开始写,就比许多科班出身的作者写得好得多。

开始写了之后,再看看这类专业书,并不一定是为了学到什么,而是可以反观自己,明白自己在哪些方面擅长,在哪些方面欠缺。

看专业书的目的只有一个,就是让自己的思路更加清晰。

关注社会

我们写的文章不是纯粹给自己看的。我们有必要了解社会,知道这个社会正在发生什么,现在社会上受欢迎的东西是什么。

大诗人白居易说过,文章合为时而著,歌诗合为事而作。

我们创作的故事应该关注这个时代,关注现实生活。

哪怕做不到或者说没有必要"文章合为时而著",也要打开我们的眼界,做一个不狭隘的人。

如果你是拥抱这个时代这个社会的,那么,建议你深度关注当下最火的剧、最流行的歌、最知名的明星。你可以借此思考为什么这部剧会火、这首歌会流行、这个人会受欢迎。

这些思考或许会对写作有一定的益处。

关注身边的人

关注外相

据说欧洲有个作家教他的孩子写作,让孩子坐在街头看来来往往的人。

孩子按照自己看到的来描述街上的任何一个人,他要说出那个人与其他人不同的地方,从而让他的父亲一眼就看出来说的是哪个人。这就算说出了一个人的特点。

我们写故事,也是要捕捉人物的特点,无论是外貌、举止、语言、打扮还是其他,都要让人印象深刻,而不是模糊不清的,即使那个人站在我们面前,我们也不知道说的就是那个人。

即使那个人是普罗大众的一员,他也会在不经意间暴露自己的特点和个性。写作者要有一双善于捕捉特点的眼睛。

我们要随时关注身边的人,在心里尝试描绘那个人的特点,在写作的时候,可以将这些特点代入故事里。由于你描写的特点是真实存在的,那么故事里的人物也因此有了真实性,不会让读者觉得你笔下的人物在现实中不可能存在。

关注内因

除了外相,我们还要关注人的内心和事情发生的原因。

作为写作者,要时时刻刻关注那些人身上发生了什么事情,为什么会变成这样。

不要简单地给任何人下结论,比如好人或者坏人,又如活该还是可怜。要思考这个人的经历,深入了解事实,知道这个人是如何一步一步走到现在的。是受身边的环境影响,还是受重要的人影响,又或者是被灌输的观念影响。

有时候,我们要像侦探一样去推理,去思考,去挖掘真相,去探讨真相背后更隐蔽的问题。

如果有兴趣,可以看一些经典且写实的人物传记,对照着看各种不同的人的人生。看看他们的行为和经历有什么样的联系,是什么原因导致了这些事件的发生。

每一个人走到当下,都经历过与众不同的事情,有不同的经验和感受。可以说,每个人如果把自己的经历和思考写出来,都是一部独一无二的作品。

即使你不追求故事的深度,你也需要一个独特的视角,才能写出独特的而不是人云亦云的故事。

找到组织

前期可以加入一些作者群,认识一些跟你写作类型差不多的作者。不一定要认识有多深,但是要了解一下跟你差不多的作者都在写什么,作品在哪里发表。这样的话,你可以吸取他们的经验,也会得到一些可能有用的信息。比如哪个平台现在需要这些故事或者稿件,哪个平台擅长做这些内容,哪些平台并不适合发表这些内容,以及平台之间的其他差别。

当然,有的作者宁愿安安静静、遗世独立地写作,那就没有必要和外界有过多的交流。还是要按照自己的性格和喜好来。

坚持锻炼

写作,尤其是长期写作,需要一个非常健康的身体作为支撑。

无论是用笔和纸来写作,还是用电脑打字,又或者用语音转换文字,都会长时间伏案。眼睛、肩颈和腰部等身体部位容易疲劳。长此以往,容易出现一些职业病。

没有健康的身体,是很难坚持长期写作,甚至以此为职业的。

锻炼身体的方式有很多种,跑步、撸铁、游泳、跳操、平板支撑等，选择适合你自己的锻炼方式，并持之以恒。

我身边坚持写作的朋友大多有一套自己的锻炼方法。

作家们通常会根据自己的兴趣、生活方式和身体状况选择不同的锻炼方法。

日本作家村上春树非常注重身体锻炼，他以跑步闻名，每天坚持长跑，参加过多次马拉松比赛。他认为跑步不仅有助于保持身体健康，还能帮助他理清思绪，激发写作灵感，他甚至写了一本名为《当我谈跑步时，我谈些什么》的书。这是村上春树第一本只写自己的书，讲的是一个人怎么样通过跑步去悟道，跑步不只是悟出一个小说家的真实，锻炼出一个小说家的身体、精神和意志，还锻炼出一个人之所以为人的境界。

美国恐怖小说大师斯蒂芬·金年轻时也热爱跑步，但后来因为车祸受伤，不能跑步了。他转而游泳和散步。游泳对关节的压力较小，适合长期保持。锻炼方式可以根据自身的情况选择和改变。

海明威以硬汉形象著称，他喜欢打猎、钓鱼和拳击。这些活动不仅锻炼了他的身体，也丰富了他的写作素材，他的作品《老人与海》可以说有一部分得益于他的户外活动。

《杀死一只知更鸟》的作者哈珀·李喜欢园艺，她认为园艺是一种很好的锻炼方式,既能保持身体健康,又能享受大自然,放松心情。

我以前经常打篮球,每周三次左右。后来改为跳绳,再后来改做引体向上和俯卧撑。虽然锻炼的方式经常改变,但是一直坚持锻炼。

请记住,身体是革命的本钱!

如果你有志于写作,并打算长期写下去,最重要的,是好好锻炼身体,保持健康!

后记

写到这里,从我个人的经验来看,该说的已经全说了。

其实说得已经足够多了。

曾有一位著名作家说过,写作的全部技巧就是——坐下来,写下去!

我深以为然。

曾经一度,我觉得除这个方法之外,其实没有其他更好的方法。

无论前面介绍了多少种方法,最重要的事情依然是,你要先写出来!

不要想那么多,先写了再说!

也不管写得好还是不好,先写完再说!

如果已经写完了,你想针对一些写作过程中出现的问题,做出调整和改变,那就看看针对性的建议。

建议也只是参考,不一定对你有用。你仍然要按照你更适应的方式写作。

写作应该是一件让你开心的事情。

如果写得不开心,很可能是方法不对。一定要用你自己喜欢的、适用的、开心的方法。

这本书名为《怎样写出一个好故事?》,自然要讲一些写故事的技巧。但实际上,主要是在帮写故事的人梳理思维。

写作者的思维清晰了，明白了人物是怎么思考的，哪一部分需要重点突出，哪一部分可以省略，明白了一件事情如何拆分来讲，怎么讲才能让读者感到有趣，知道了如何"起承转合"的模式化写作，又知道了怎样避免呆板的模式，而后再打开电脑或者提起笔来，那就可以做到脉络清晰，文思泉涌。

如果你不喜欢这些思考，那就多看书，多阅读好的作品。

读遍唐诗三百首，不会写诗也会吟。写故事，写小说，写其他文学作品，也是这样的道理。

读得多了，自然会受益。

以我自己为例，在接到编辑的邀请写这个题目之前，我并没有专门去思考过写作的方法和技巧。

我甚至不是文科出身，大学学的是机械方面的专业。可以说，我几乎就是以完全零基础的状态进入写作的。

但是在大学期间，我几乎将图书馆里能找到的文学作品全部看完了。

我写的长篇小说和短篇故事的总字数大概有几百万字，偶尔会看看别人是如何写的，没有刻意去研究。但这次借着这个机会回头看了看，想了想，发现还是有一定的规律可循的。

阅读是私人化的事情，写作更是。因此，我们不可能像生产流水线那样统一标准，确定哪一种写法不好，哪一种写法一定好。

每个人都有自己的偏好和习惯。这是文学作品百花齐放的原因。

也因此，写作的方法与技巧没有高下之分，你在写故事的过程中，能用得上的就是好的，用不上的，可能别人用起来得心应手。

总之，如果这本书能给你带来一点点可以使用的技巧和方法，对我来说那就是了不得的惊喜啦！

我自己写故事，依然有许多需要进步的地方。

如果你决定了写一个故事，那么，我们一起努力吧！

现在，坐下来，写下去！

不要担心，一切都等故事写完了再说！

你选择了故事，故事也在选择你。

亮兄

2024年7月于北京

相关书目

《故事》，[美] 罗伯特·麦基，天津人民出版社，2014年

《暮色将尽》，[英] 戴安娜·阿西尔，四川人民出版社，2022年

《阿勒泰的角落》，李娟，新星出版社，2023年

《阅微草堂笔记》，纪昀，中华书局，2022年

《聊斋志异》，蒲松龄，人民文学出版社，2020年

《永别了，武器》，[美] 海明威，上海译文出版社，2011年

《狐狸》，[荷] 杜布拉夫卡·乌格雷西奇，北京日报出版社，2023年

《酉阳杂俎》，段成式，中华书局，2017年

《杀死一只知更鸟》，[美] 哈珀·李，译林出版社，2022年

《红楼梦》，曹雪芹，人民文学出版社，2018年

《受戒》，汪曾祺，北京十月文艺出版社，2012年

《棋王》，阿城，上海三联书店，2019年

《红玫瑰与白玫瑰》，张爱玲，北京十月文艺出版社，2019年

《雷雨》，曹禺，北京十月文艺出版社，2017年

《彷徨》，鲁迅，人民文学出版社，2022年

《人间词话》，王国维，万卷出版社，2021年

《不安的哲学》，[日]岸见一郎，人民邮电出版社，2023年
《檀香刑》，莫言，浙江文艺出版社，2017年
《俗世奇人》，冯骥才，作家出版社，2010年
《阅读是一座随身携带的避难所》，[英]毛姆，北京联合出版公司，2017年
《气球上的五星期》，[法]儒勒·凡尔纳，译林出版社，2006年
《野菩萨》，[马来西亚]黎紫书，北京十月文艺出版社，2023年
《怀念狼》，贾平凹，春风文艺出版社，2006年
《百年孤独》，[哥伦比亚]加西亚·马尔克斯，南海出版公司，2011年
《剧本》，[美]理查德·沃尔特，天津人民出版社，2017年
《对白》，[美]罗伯特·麦基，天津人民出版社，2017年
《当我谈跑步时，我谈些什么》，[日]村上春树，南海出版公司，2009年

作者已出版作品
《将离》，百花洲文艺出版社，2016年
《皮囊师》，百花洲文艺出版社，2017年
《长命女》，四川文艺出版社，2017年

《操控师》,四川文艺出版社,2019年
《画眉奇缘.1》,江苏凤凰文艺出版社,2019年
《画眉奇缘.2》,百花洲文艺出版社,2020年
《画眉奇缘.3》,百花洲文艺出版社,2020年
《画眉往事》,百花洲文艺出版社,2021年
《大人也需要童话》,四川文艺出版社,2021年
《小白与老罗》,四川文艺出版社,2022年
《你可以永远相信童话》,四川文艺出版社,2022年
《画眉奇缘.4》,四川文艺出版社,2023年
《从前有座山》,四川文艺出版社,2023年

产品经理：邵嘉瑜
视觉统筹：马仕睿 @typo_d
印制统筹：赵路江
内文排版：梁全新
版权统筹：李晓苏
营销统筹：好同学

豆瓣 / 微博 / 小红书 / 公众号
搜索「轻读文库」

mail@qingduwenku.com